傳　在圖書館裡有個神祕的「第十三個書架」，在午夜十二點的鐘聲響畢前，對其左下層角落的書架祈求願望的話，書架會告知達成願望的方法，掉落「書架指示」，散發著檀香氣味，只要照著做，七天內必定實現你的願望！

（PS：若「書架指示」筆記本檀香味道變淺，請用手搓一搓，檀香味道會再出來，正常使用保鮮期一年！）

都市傳說

第十三個書架

都市傳說系列 04

笭菁 著

都市傳說4：第十三個書架

楔子

喀。刺眼的手電筒燈光晃著，警衛終於走出了門口，喀噠關上玻璃門。

一雙眼睛在黑暗中眨著，男孩緊張的屏氣凝神，聽到關門聲終於鬆口氣，他整個人蜷在書架裡，吃力的伸出雙腳，好離開那狹窄的書櫃。

這裡是圖書館，書櫃甚大，他滾出地毯，剛剛他就是選擇最下層的長型書架裡躲藏，把自己塞在裡面，外頭再用墊腳椅擋著；警衛只是大致巡邏，並不會看得那麼仔細。

而且早過了閉館時間，直覺上根本不會有人，警衛不會太留心。

男孩望著手機，十一點二十，警衛三個小時巡邏一次，下一次是午夜兩點，他可以安心許多。

他一放學就躲到圖書館來了，避開監視器的位子，先是躲在書櫃跟牆之間，後來爲了避開巡邏就躲進了櫃子裡；這麼辛苦，爲的就是求得他最想要的東西……

傳說，在圖書館裡有個神祕的「第十三個書架」，如果在午夜十二點向書架許願的話，書架會告知達成願望的方法。

書架不會輕易完成願望，只是告訴你一個方法，該怎麼做、能不能達成還是操之在己，這應該不算是投機取巧吧？他還是試圖努力去做的，只是、只是天底下有很多事，不是努力就能達成的！

例如，他永遠拿不到的第一名。

不論如何苦讀，卻贏不了那個不費吹灰之力就能獲得滿分的同學……老師們眼裡只有他、讚揚他，運動課業表現奇佳，做什麼事都輕而易舉，而他就算每天一回家就讀書，把課本都背下來，竟然還是贏不過他。

他以前一直都是第一名、拿獎學金的人，沒有獎學金的話……他下學期的學費就會變成家裡的負擔！

那種人已經這麼聰明、家境又比他好太多了，爲什麼連獎學金都要搶！

天底下的確沒有公平的事，有人出生就聰明優秀、或啣著金湯匙，他就是笨、家裡就是苦，可他不想屈服在這不公平之下！

但是天生的事他無法改變，所以，他想尋求別的力量。

聽說，已經有很多人成功過了！聽說，只要誠心就能得到密技，書架會知道許願者是好玩還是有強烈的意志，唯有眞心的人才能得到；而實際方法因人而異，但是書架所給予的方法，是絕對不能對任何人說的，所以他也無所查知。

他開始一步一步移動，前往第十三個書架……一、二、三、四……十二、十三。

男孩終於停在第十三個書架前，看著書架邊寫的分類書籍，有些緊張的探頭往裡頭看了眼！

咻，他害怕得只瞥一秒就閃開，不過再看一次，發現那只是個普通的書架，跟其他書櫃一模一樣，兩個書櫃中有條走道，就這樣而已。

鼓起勇氣轉進去，兩旁自然是滿滿的書，書架高有七層，最上面得墊著椅子才搆得著。

他跪坐下來，面對著第十三個書架的最下層，等待著十二點，他一顆心跳得急速，不知道這傳說是眞是假，他好希望好希望是眞的喔，否則他該怎麼擊敗課業上的敵手？除此之外，他找不到其他方法了。

手機傳來震動，十一點五十九分，他跟圖書館的時鐘對過時了，圖書館裡的鐘會敲響，一定要在十二個鐘聲打完之前，許完自己的願望！

看著讀秒，他虔誠的雙手合十，用力閉上雙眼——噹！

我想要贏過他得到第一名！我一定要變成第一名拿到獎學金！元陵翔是我的阻礙，他一直在我前面，我要贏過他！贏過他！

十二個鐘聲，男孩不停的默唸著自己的希望，深褐色的書架突然波動著，整個大書櫃像是水一般扭曲，每一個層架都柔軟的搖曳，像極了演唱會的波浪舞般，一個轉著一個的蠕動，由上而下，自右到左，直到左下方最後一個層架。

鐘聲結束，男孩全身冒汗，雙手扣得死緊，手心均在流汗，身體不停的發抖，他剛剛聽見了櫃子的嘎吱音，彷彿在他面前有人正在搖晃著書架……他嚇得不敢睜眼，只知道要誠意的讓書架明白，他是眞心的！

隨著鐘聲停止，書架的嘎吱音也不見了，包圍著他的除了靜謐外，還是靜謐。

好一會兒，他才偷偷的睜開一隻眼，恐懼的瞄著旁邊……沒有人？男孩喉頭緊窒的咽著口水，倉皇的左顧右盼，在這走道裡，除了他之外，什麼都沒有。

但這並不會讓他感覺比較輕鬆，因爲剛剛的聲音是明確的，他並沒有聽錯！

戰戰兢兢的看著眼前的書架，沒有任何變化，手機顯示十二點零一分，時間已過，可是他手上什麼也沒有，急忙翻著書包，也沒得到什麼錦囊妙計啊！

「不是說可以教我的嗎？」他難過的低吼著，「我是眞的！我眞的想贏過他啊！」

男孩哽咽的哭了起來，伏在地上痛哭著，他已經不知道該怎麼辦了，眞的——啪！

詭異的聲音來自正前方，男孩愣愣的抬首，看見最下面書架那兒，居然掉出了一本書！

「咦？」他狐疑的左顧右盼，這本書好端端的怎麼會掉下來？是來自最後一層嗎？

好奇的拾起，那像是一本普通的筆記本，連封面都是軟質的，上頭什麼都沒寫，是本連書名都沒有的書；男孩索性翻開，卻赫然發現裡面居然是手抄本，而且一字一句都是——他的筆跡！

怎麼可能？他的筆記本？這不是他的東西啊，筆記本好端端的在書包裡，再說他也沒買過這麼大本的，裡頭的筆記寫著想要贏過亢陵翔的話，就必須準備——什麼?!

男孩瞬間愣住了，不可思議的看著自己的筆跡、寫出來的字……火速往後翻閱著，準備材料、步驟、注意事項——這個就是贏過的方法！

「謝謝……謝謝……」眼淚奪眶而出，男孩萬萬沒有想到，傳說居然成眞了！「謝謝謝謝謝謝！」

他激動的捧著那本書，跪在書架前像是叩拜一般，不停的道著謝！

第十三個書架，是眞的！

第一章 探訪傳說

下課鐘還沒敲完，不少學生就急著衝出教室，一路往教務處旁邊的穿堂直奔，他也不例外，焦急到還不小心踉蹌幾步，心急如焚的轉進了樓梯；這時就會覺得行政大樓怎麼這麼遠，得穿過整個中庭才能抵達。

跑到中庭中央的花園噴水池時，看見穿堂裡已經擠滿了人，大家或踮起腳尖、或從人與人間的縫隙張望，有人希望自己的名字能在上頭，有人則是希望朋友的名字能在上頭。

「哇！是曾治木耶！」人群中有人爆出驚呼聲，「阿木！阿木來了沒？」這一喊讓現場靜了下來，學子們紛紛回首，看向甫跑來的男孩，他瞪圓雙眼不可思議的緩步趨前，「騙人……」他喃喃說著，拜託不要拿這種事開玩笑！

吆喝的同學伸長手臂，一把將他扯了過來，「你自己看！」

他繞到曾治木身後，雙手緊握著阿木雙臂，將他推到穿堂上的公佈欄前；電子公佈欄旁有一大處空白，而今貼上了這次期中考的全校排名。

第一名，寫著他的名字，曾治木。

天哪……連他自己都瞠目結舌，不敢相信自己的眼睛，將那幾個字來來回回看了好幾次，深怕是自己看錯了！

「你辦到了！」一旁的柳丁開心的攬過他，勾住他的頸子就拼命搓亂他的頭髮，「他媽的居然眞的辦到了！好厲害喔！」

「啊啊……我的頭髮啦……」曾治木完全沒辦法招架，被同學興奮的搓得亂七八糟。

是啊，他居然辦到了！不僅是他，應該全校的人都不敢相信，過去那個成績敬陪末座的曾治木，竟然有朝一日能考到全校第一名！

「眞的假的？曾治木眞的拼到了喔？」學生們開始交頭接耳，「我以爲他是說玩的耶！」

「可見那件事帶給他的影響不小吧……」

「怎麼會小！聽說他是第一發現者，要是我看到同學變那樣，我可能連上學都不敢了，還考什麼全校第一名！」

「好強大的友情喔！」學生們連聲讚嘆，「之前他進步神速時，好像也只到前十吧？」

「前十都快奇蹟了，我國中跟他同校，他都倒數的好嗎！交朋友果然很重要，換個朋友就變得這麼厲害……」

「小聲點啦，讓他聽到就不好了。」

噓噓噓，所有人很有默契的避免提到過去榜單上的名字——逼近滿分的優異成績、算得上風雲人物的元陵翔。

對於摯友曾治木來說，這個名字現在代表了痛楚。

「這麼熱鬧啊！」教務主任的聲音突然傳來，「這次大家都考得不錯喔！有人進步很大呢！」

「曾治木！曾治木！曾治木！」柳丁起鬨的大喊，「我們班曾治木拿下第一啦！」

「噢噢噢！阿木在這兒啊！」主任認識曾治木也是因爲元陵翔的關係。

曾治木尷尬的推了柳丁一把，幹嘛鬧他啦！他朝著主任頷首，發現現在簡直成了聚光燈焦點。

「嗯，阿木很棒！」主任微微一笑，「他也會欣慰的吧！」

喝——學生們面面相覷，主任幹嘛哪壺不開提哪壺啦！大家擔心的悄悄望向曾治木，原本以爲他又要哭了，結果他劃上了淺笑。

「我知道他會的！」曾治木笑開了顏，「所以我才這麼努力啊！」

他幽幽回首看著榜單，他當初發過誓，第一名的空位，他一定要遞補上去——他是對著阿翔的靈位保證的！

元陵翔，是學校或是整個縣的風雲人物，因爲他總是第一，不管課業、體育、才藝都相當優秀，他甚至沒有補習；之前在外縣市國中時就相當優異，高中時才因爲父母工作緣故轉學過來。

過往的成績一樣斐然，據說智商超過一百七十，算是得天獨厚的天才。但是他待人很和氣，而且是相當活潑開朗的孩子，什麼都會反而樂於分享與教導，會幫忙教不懂的同學，古道熱腸很愛當義工，非常愛打籃球，是個幾乎無可挑剔的人。

元陵翔跟阿木非常要好，他們同班且一見如故，也因爲元陵翔的關係讓曾治木的成績突飛猛進，從總是中下的成績一躍到了全校前十，學習變成一種愉快的事，而且也跟著開始打球運動，個性變得開朗許多。

只是這樣開朗優秀的孩子，竟然自殺了。

元陵翔的自殺帶給曾治木相當大的打擊，他還是第一發現者，原本大家都擔心他會悲傷過度而崩潰，但是他卻逼自己振作，要完成跟元陵翔之前的約定，希望他們能在榜單上的一二名，更希望曾治木能超過他。

原本是希望藉此推甄上同一所大學的，他們約好大學還要當同學，還可以住在一起分攤房屋租金，只是這一切，現在都成了空談。

對曾治木來說，成績變成唯一能實現的約定，他拼命唸書，用元陵翔教他的唸書方法，就希望能夠達成約定——他萬萬想不到，他做到了！

學生群中有一雙眼毫無喜色的瞪著曾治木！是啊，他也沒想到，曾治木這種人居然能考到第一名！這根本不可能啊！

「嘿！」肩上忽地一個重擊，「李維杰！我還以為你會第一耶！」

李維杰沉下眼色，不耐的把同學的手給打掉……他也這麼以為。

「眞意外，居然跑出黑馬……」右手邊站來一個女孩，紮著兩隻辮子看上去相當甜美，「我也以為這次第一應該是你了。」

李維杰看著女孩，心跳再度加速，「那個、那個……曾治木很用功！」

「說得也是，他有所執著的，畢竟是跟元陵翔的約定嘛！」女孩笑望著他，「第二名也沒關係啦，還是很棒了！你看我還在下面那排呢，前五十都進不去！」

「哈哈！對啊，人要知足，像我連榜單都進不去！」別的同學倒是在旁邊調侃著，「欸，不過也眞妙，你眞的快變成永遠的第二名了！」

李維杰瞬間狠狠的瞪向同學，嚇得他一陣錯愕，「爛死了！」

「啊這不就事實嗎！」同學們皮笑肉不笑的說著，「陳羽瑍只喜歡第一名的人喔！」

「欸！」陳羽堍緊張的阻止他們的胡鬧，「你們不要鬧啦！我那時是……」她尷尬的瞟向李維杰，但是根本無法正視，撇頭立刻往前面走去。

李維杰忿忿的瞪著那些故意酸他的同學，永遠的第二名？這是什麼稱號！他要第一、第一名，資質平庸的曾治木都能拿第一，天底下還有什麼公平的事啊！好不容易元陵翔死了，第一名應該是他的啊！

「噯，這樣說來……匿名那個人好準喔！」學生們開始吱吱喳喳，「前兩天不是才發文說，這次榜首會換人嗎？」

「這叫什麼準！元陵翔都不在了，一定會換人啊！」

「厚！可是那個人的意思是洗牌！」洪渝靖使勁拍著曾治木的肩，「感覺好像就是在說阿木這匹黑馬！」

曾治木望著談論的同學，表情倒不甚好看，「那個匿名者……就是說都市傳說那個吧？」

呃……洪渝靖尷尬的笑著，「好像是……」

學校的公開版中，有個人一直在用匿名帳號出沒，大頭貼是鮮紅的血液流下模樣，暱稱叫做「都市傳說」，他是元陵翔死前出現的，那時他就廣泛宣傳都市傳說已經展開，學校將開始有所變化。

子自殺的理由。

沒有幾天，開朗的元陵翔戲劇性死亡，他的父母至今無法接受、也找不到兒

都市傳說開始不脛而走，「都市傳說」又宣稱：是都市傳說帶走了元陵翔。

大家都認爲是胡鬧，學校也調查了那個帳號，只是對方更快的被檢舉封鎖，

但申請帳號何其容易，他沉潛了一陣後，再度冒出。

幾天前貼文，校內名次將會搬風，第一名將會換人。

「我不喜歡那個人，他好像在嘲笑阿翔的死。」曾治木提起這件事臉色總是

不悅，「而且他提到都市傳說，感覺更離奇……可是阿翔的死偏偏就很離奇！」

「哎唷，你還沒放棄喔？」柳丁像是有點受不了，「到現在還是認爲跟都市

傳說有關？」

「嗯！」曾治木肯定的點頭，「學校裡的傳說這麼多，阿翔死得莫名其妙，

我一直覺得有關聯。」

「喂喂喂……」洪渝靖挑了眉，「你眞的相信都市傳說喔？」

「爲什麼不信！」曾治木轉向她，理所當然的回問著，「我表哥已經遇過好

幾次了，而且還親自面對過傳說們！」

附近的同學瞬間靜了下來，忍不住往曾治木看過去。

意識到突然的安靜，反而叫曾治木有點措手不及……怎麼大家突然都看他，是在等待他說些什麼嗎？

「阿木的表哥……」擠到前面的陳羽瑍好奇的問，「面對過什麼都市傳說？」

「呃……」看見可愛的陳羽瑍，連曾治木都忍不住支支吾吾，「就是、就是他在大學創了一個都市傳說社團，已經陸續遇到有人玩一個人的捉迷藏、還撞見紅衣小女孩……」

咦？現場立即議論紛紛，眞的假的？有人敢玩一個人的捉迷藏？是膽子大還是嫌命太長啊？

「結果怎麼了？」

「娃娃眞的會來找你嗎？」

「紅衣小女孩是山上那個嗎？」

「她眞的是阿婆臉嗎？」

眾人你一言我一語，好奇的圍著曾治木問，李維杰站在外圍擰著眉頭，「都市傳說社」？怎麼有人會創這種社團？

面對這麼多人的問題，曾治木根本無法招架，「我、我、我……等等發我表哥他們社團的ＦＢ網址給你們啦！他都有紀錄發生的事！」

「是真的還捏造的啊？」果然還是有人提出疑慮。

「欸你很無聊耶，不信就不要去看，莫名其妙！」柳丁指著對方唸，「有興趣相信的再去看不就好了！」

大家催促著曾治木等等要記得放上去喔，「都市傳說社」耶，聽起來好屌喔！而且還遇過相關事件，聽起來不就更刺激了。

「你喔！」洪渝靖忍不住多唸幾句，「一定是被你表哥影響的！」

「我表哥很厲害的，他們上次碰到紅衣小女孩時，還幫忙破懸案呢！」曾治木說得一副自豪樣，「我相信我表哥，所以我把這件事告訴他了！」

嗯？柳丁跟洪渝靖瞬間交換了眼神，「哪件事？」

「阿翔的事、傳說的事。」曾治木肯定的說著，「表哥說會幫我查查，哪種都市傳說會這樣割開人的喉嚨。」

「他是自殺的，你記得吧？」

十一點鐘方向的聲音很低沉，冰冷的提醒著曾治木，他不悅的看過去，李維杰戴著厚重的眼鏡很認真的提醒。

「他不是自殺！」曾治木每次每次都會這樣反駁。

「他是自己拿菜刀把頭子割開的，警察也說過沒有他殺的痕跡。」李維杰繼續說，「你是屍體發現者，應該看見他握著刀子吧！」

「閉嘴！阿翔不會自殺的，他一定是被人殺害的！」曾治木氣急敗壞的低吼起來，「都市傳說很可怕，它們要讓人看起來像自殺太容易了！之前表哥就遇過跳樓自殺，但其實是被拉下去的！」

「哼！」李維杰冷哼一聲，「說得跟眞的一樣！」

「你——」曾治木怒不可遏的想衝上前，柳丁跟洪渝靖見狀趕緊拉住他，而李維杰依然是八風吹不動，沒有想跑的意思。

「眞的是青少年耶，超級血氣方剛的！」

飛揚的聲音突地插進這場爭執裡，曾治木瞪圓雙眼，這個聲音好熟……熟到他覺得根本不可能現在這個時候出現在這兒吧！

用力向右後方轉去，看見一張白淨柔嫩的臉龐，男孩有著一頭鬆軟的頭髮，總是帶著笑的眼神跟精緻的五官，看上去像是可口的軟糖一般，似少年似青年般的模樣，可愛得讓誰都好想咬一口！

微笑的嘴角旁還雙酒窩，萌得讓一票女生都快暈倒了。

這是轉學生嗎？未免太可愛了吧！

「……表哥？」曾治木驚愣得鬆下緊繃的身子，抽回被柳丁他們抓握的手。

表哥？柳丁呆了兩秒，倏地回首，阿木口中的表哥該不會就是幾秒鐘前才提到那個創「都市傳說社」的……大學生？這樣子是大學生？

「眞沒想到你在你們學校也幫我的社團做宣傳喔！」夏玄允笑吟吟的看著穿堂裡的眾人，「大家好，我是曾治木的表哥夏玄允，大家叫我夏天就好囉！我就是『都市傳說社』的社長，他們是——」

夏玄允回身，原本要介紹後面兩男一女，怎麼一轉過頭去，只剩下郭岳洋亮著一雙小狗般的眼神瞅著他。

啊毛穎德跟馮千靜呢？他有點失望，他們就是害羞，很不習慣在眾人面前說話的！

「我也是社員，我是紀錄。」郭岳洋主動向高中生們自我介紹，「剛剛有人對社團紀錄有疑問，我順便解答一下，每個紀錄都是我親自寫的，我絕對沒有捏造，都市傳說是非常迷人的喔！」

高中生們愣愣的望著突然出現的大學生，偏偏生得一副副比他們稚嫩的臉，而且五官可愛得像二次元出來的漫畫少年，看起來也太迷人了！跟瘦骨嶙峋的曾治木根本十萬八千里耶！

段考校排名
第一名：曾治木
第二名：李維杰
第三名：徐勝
第四名：和天贊

一秒後，男男女女紛紛圍著夏玄允跟郭岳洋好奇的發問，也有人偷偷拿起手機拍照，一堆問題在空中齊飛，連想問表哥「你怎麼會來這兒」的曾治木都已經被擠了出去。

在穿堂外側，也就是警衛室旁站了兩個正在喝飲料的人，一男一女，身高都相當高挑，一臉無奈的聽著裡頭的騷動。

「夏天是不能挑上課時間，低調進來嗎？」馮千靜沒好氣的咬著吸管說話，煩不煩哪！

「他就是這樣子，唉，我現在只想度假！」毛穎德不高興的跺著腳，「他根本沒提他表弟高中的事……說好要直接去他阿姨家的木屋，我早該想到他突然說要來看表弟一定有問題！」

馮千靜偷偷探頭出去瞄了眼，「問題是，什麼問題？」

嗯？馮千靜注意到敵意的目光，她望向隔著人群斜對角方向的男學生，李維杰站得遠遠的，蹙眉看著穿堂裡的胡鬧，還眞的有人在研究都市傳說？

「停——大家停一下！」夏玄允揚起雙手，請學生們稍安勿躁，「我想先問大家一個問題！」

學生們雙眼發光，期待的看著他，看起來夏玄允如果需要嚮導，這群高中生也會願意帶他去！

「有人知道這個都市傳說——」他劃上微笑，「第十三個書架嗎？」

喝！毛穎德手上的飲料差點沒滑掉，不可思議的看向一旁的馮千靜……該死，他早該知道，又是爲了「都市傳說」！

第十三個書架。

穿著寬鬆羽絨衣、頂著一頭獅子亂髮的馮千靜站在圖書館櫃檯，粗框眼鏡下的雙眼正沒好氣的瞪著前頭的陽光少年瞧。

夏玄允不安的回頭……嗚，果然有視線。

「不要再看我了啦，小靜！」夏玄允低聲說著，「妳的眼神都快把我燒穿了！」

「只是快而已，晚上我會讓你知道眞正燒穿的滋味。」她壓低聲音恐嚇著，「說好的度假呢？湖畔小屋？」

「會會會，說好就是說好啊！我只是順路過來看表弟而已嘛！」夏玄允裝傻一流，「然後順便參觀一下他們學校圖書館，妳看，圖書館很重要的，有很多館藏文獻……」

馮千靜身邊的毛穎德睨著他，不笑的他看起來原本就很凶了，現在更是加上殺氣騰騰。

「再掰啊，我們剛都有聽見，他跟你提到學校可能有都市傳說，他覺得他朋友的死不單純！」雖然那時他們都在警衛室前登記，但還是聽得一清二楚，「一開始度假就只是順便而已！」

「沒有，我們眞的要去度假！」夏玄允說得振振有詞，一點都不知道身後的郭岳洋已經同步搖頭出賣了他。

其實是「順便」度假，主要是爲了來驗證一下這兒的都市傳說。

約莫月前，曾治木寫站內信給夏玄允提到了摯友離奇自殺的事，他覺得好友不可能自殺，加上有人流傳事件跟都市傳說有關，還提「第十三個書架」給予建議，讓曾治木怎麼想都覺得極有可能跟都市傳說有關。

因此就向熟悉「都市傳說」的表哥求援。

辦好手續，他們便進入圖書館裡，上課時間自然沒有人使用，圖書館裡相當空曠，只有一層層書櫃林立；這間高中的圖書館並不大，現在讀書風氣尤其不盛，不知道現在還有多少學生會來這兒查閱？

因爲曾治木要上課，自然沒辦法領著他們參觀，所以他們四個外人便直接到圖書館來……他們根本不知道來幹嘛的！

「我眞的很想揍他……」馮千靜走在毛穎德身邊，忍不住咬牙切齒，「難得的假期我不想再被都市傳說搞砸！」

「我知道，我也是。」毛穎德重重嘆了口氣，「但是夏天做事我們根本無法預料，連我都不知道他跟表弟約好了！」

唯一知道的，是郭岳洋……毛穎德伸長手抓住走在前頭的郭岳洋，他個子不高，相當纖瘦，跟夏玄允是國中要好的同學，意外考上同一所大學後再度重逢，結果對「都市傳說」有共同的興趣與狂熱，所以一起創辦了「都市傳說社」！

正因爲都很狂熱，所以他動不動就站在夏玄允那邊。

「你出發時就知道了對吧？這次是來弄什麼書架傳說的？」毛穎德假裝凶狠的問。

「噯……夏天說只是來看看而已嘛！」郭岳洋認眞的說著，「因爲我們查不到任何跟割頸自殺有關的都市傳說！」

「哼哼，還做過功課了啊！」馮千靜在一旁冷哼著，「今天晚上再來跟你們算帳！」

「嗚……不是，我們只是看看！看看而已！」郭岳洋看見馮千靜，就覺得全身都痛！

夏玄允、毛穎德跟郭岳洋三個人是知交好友，夏玄允跟毛穎德更是從小一起長大，但即使個性脾氣瞭若指掌，卻也無法掌控他對都市傳說的熱愛與暴走；而且在馮千靜眼裡，毛穎德對這個總角之交總是「特別照顧」，深怕他受傷害似的，因此就算他一直反對什麼怪力亂神之事，他還是加入了「都市傳說社」。

雖說好像是逼不得已才加入的，但學校規定要十個人才能成立一個社團，馮千靜就是糊里糊塗在社團招生期不小心「誤入歧途」，原本說好只是補替人數的幽靈社員，誰知道加入後……各種「都市傳說」根本接踵而來。

多到一種讓馮千靜不得不信，而且覺得不該輕易沾上的地步。

學校接二連三出現許多離奇的「都市傳說」，由夏玄允領軍的社團不僅一直介入其中，還試著破解、救助深陷傳說受傷害的同學們，所以「都市傳說社」迅速的成長，從只有三個實質社員，乃至於現在擁有了一百多位成員的大社團！

馮千靜沒想過會跟都市傳說扯上這麼深的關係，也從未打算參加這樣詭譎的社團，但是不知道爲什麼孽緣難解，就是讓她撞上了都市傳說！然後陰錯陽差丟了住所，偏偏夏玄允住的地方是家庭式住屋，多了一間房，用很便宜的價格租給

「社團朋友」。

那四房兩浴的房子當然住的就是這三個傢伙，三男一女的同居生活展開，她並不在意，反正各自都有房間，生活也不互相干預，而且諒他們也沒那個膽子敢對她想入非非。

跟他們住在一起後，她莫名其妙的也漸漸常跑社團了，加上夏玄允拼命攬一堆「都市傳說」來調查，搞得他們精疲力盡，出車禍的、摔傷的、連被都市傳說割傷的都發生過了，這傢伙還樂此不疲。

不過……「都市傳說」感覺眞令人膽寒，那是個明明應該只是「傳說」的事情，當它們成眞之後，就更加令人毛骨悚然了。

你不一定要犯什麼錯，因爲傳說會主動找你時，那個時候……也就只能祈禱了。

「夏玄允，」馮千靜往前跨步走，「你要找什麼？」

「嗯？」夏玄允回頭望著她時有點出神，似乎在思考什麼，「應該要找第十三個書架！」

「第十三個？」馮千靜站在縱軸的主要幹道上，往四周環了一圈，「你知道這間圖書館——」

毛穎德正一步步從後面走來，在每個書架前停頓一秒、再往下繼續走，直到掠過夏玄允身邊。

「十二。」他原地旋身，「這是高中圖書館，有十二排已經很強了，而且其他還有鑲在牆上的平面式書架，你要怎麼算？」

夏玄允有點失望的往左邊跨了兩步，就走出了書架區，旁邊都是大型方桌，供學生討論用的小園地。

「這是怎麼樣的都市傳說啊？」毛穎德靠在書架前問著，聽都沒聽過。

「都市傳說本來就很多種，而且還會因地制宜。」郭岳洋立刻上前，他永遠都是細心的紀錄者，「傳說中，在午夜十二點的鐘聲響畢前，來到圖書館的第十三個書架，對著下層角落的書架訴說你的困難，書架就會幫你解決！這並不是許願達成，傳說中是書架會告訴你方法，你只要照著做，困難就會迎刃而解！」

一時間靜默不已，馮千靜跟毛穎德正在消化那些字句，有點……錯愕。

「所以這跟有問題就去Google是一樣的道理嗎？」馮千靜往前走來，忍不住提出疑問，「何必動到都市傳說？」

「妳還眞說對了，但如果孤狗能解決的話，就不必去找第十三個書架了啊！」夏玄允回首彈指，「書架能解決的事情，一定是人力所不能及的……」

「那就更糟了！」毛穎德忍不住皺眉，他最討厭這種「人力所不能及」啊！

雖然他從以前到現在，口口聲聲都說討厭怪力亂神，以前也都告訴夏天「都市傳說」是捏造的、不存在，事實上——他比誰都清楚，世界上很多事物不但存在，而且可能就在所有人身邊。

因爲他有微弱的感應能力，可以感覺得到陰氣或是不好的東西……這是他的祕密，就算從小一起長大的夏玄允也沒讓他知道——而且是全世界就只有他不能知道！

讓對「都市傳說」跟奇聞軼事這麼感興趣的夏玄允知道那還得了！他說不定會一天到晚拖他到墳墓區去露營，把他當靈媒一樣的跟好兄弟們促膝長談，他才不要！

死都不能說的祕密，表面上繼續維持反對他涉險，由於已經親身遇到都市傳說，他不能再用怪力亂神這個藉口……唉，但心裡明白得很，夏天口裡這個第十三個書架若爲眞，只怕大有問題。

「這傳說太奇怪了，不算達成願望，而是給方法？」馮千靜喃喃唸著，「我爲什麼覺得這種感覺更詭異？」

「更詭異的在從未有人傳出如何完成願望的細節，聽說似乎是許願者與書架的約定，破壞約定會很慘的！」夏玄允一臉嚴肅的說，「這麼神祕的傳說，我還眞想試試看，結果居然沒有第十三個……」

「我們該走了！說好要度假的！」馮千靜連讓他講完的機會都沒有，旋身就往外頭走去。

試個頭！難得有一次期中考在春假前，他們可是有足足一個星期可以放啊！

「可是活潑開朗的人怎麼會自殺呢？又有人說那他是遇到都市傳說了！」夏玄允還在後面繼續說，「還有——喝！」

夏玄允停下腳步，眼尾瞧見了左手邊的書架區那裡，曾幾何時站了一個學生。

「嚇死我了你……」他按上胸口，「我想說是誰在那裡？」

毛穎德回頭探身看去，這個學生什麼時候在這裡的？他們剛剛進來時沒有人啊！郭岳洋笑笑的跟人家打招呼，馮千靜徐步走回，望著男學生蹙眉，她剛剛見過他。

「我來借書。」李維杰淡淡的說著，旋身從一旁的架子上取下書。

借書也沒有點聲音嗎？站在那角落沒有半點聲響，毛穎德看著他，總覺得像在偷聽他們說話似的。

「走了！」毛穎德催促著。

「圖書館不只一個你們知道吧？」突然間，李維杰邊翻著書邊幽幽開口，「擁有第十三排書架的圖書館應該還有。」

果然偷聽他們說話！

「咦？那你知道哪些圖書館有嗎？」夏天喜出望外的直接衝上前。

李維杰淡淡瞥了他一眼，「不知道！」

「喂！」夏玄允一點失望，「你很不夠意思耶，講一下嘛！」

「這種事要眞心誠意的，有事要拜託都市傳說，就得自己去找啊，要不然網路早就找得到了不是嗎？」李維杰把書給放回去，終於看向了夏玄允，「你眞的有遇過那些都市傳說喔？很……可怕嗎？」

夏玄允看著李維杰，微瞇起眼，「……很可怕，但是也很有趣！」

「有趣？」李維杰雙眼一亮，「你覺得很好玩嗎？」

「我——」夏玄允嘴角都笑開了，毛穎德一個箭步上前把他往後拽。

「一點都不有趣，而且非常危險……都市傳說這種東西最好是不要遇上，也不要主動去碰觸，每一次都會出人命的！」他接得順口，「你該不會想去找第十三個書架吧？」

「我看是曾治木比較想去吧！」李維杰蠻不在乎的從毛穎德身邊的縫隙鑽過去，「聽說元陵翔自殺前有拜託他去找書架喔！」

什麼？夏玄允嘻嘻哈哈的笑瞬間歛起，阿木想去找書架？

原本要往前走的李維杰又踅了回來，認眞的打量起夏玄允，大膽的亂撥他的頭髮，扯著他的格子衫，再往下打量到那雙鞋子。

「看起來一點都不像大學生，跟曾治木長得也不像，但是一身名牌啊，果然是一家人！」李維杰哼了一聲，用不屑的神色扭身就往門外走去，「你們擁有太多了，拜託知足一點吧！」

夏玄允不悅的皺眉，「什麼啊！」

李維杰輕快的踏出旋轉匣門，回首瞥了他一眼，「不知足是會有報應的喔！」

第二章 逝去的同學

一路上，對李維杰感到不耐的並不是夏玄允，反而是扣掉他之外的三個人。

「只有我覺得那小子態度很差嗎？」連最溫柔寬大的郭岳洋都受不了，「不知道他是什麼意思？夏天家有錢就是有錢，又不關他的事！」

「現在的人心態很扭曲的，自己過得不好就仇富，好像有錢欠他們什麼似的，都沒人想過不夠努力、能力不足，或是上天從沒有公平這件事。」毛穎德負責開車，「那個學生感覺就是仇富心態……夏天，阿木會是炫耀型的人嗎？」

「不可能！」夏玄允立刻搖頭，「我們家的人都很低調啊！」

「呿！」副駕駛座的馮千靜立刻不同意，「你懂低調喔？人家隨便看你身上的行頭就知道了。」

「喂，馮千靜同學，妳也不遑多讓吧，妳穿起來邋遢歸邋遢，但是每件也都是名牌耶！」夏玄允發出不平之鳴。

「我那都是贊助商給的好嗎！」馮千靜往左後聳肩，「問題是我又沒表弟跟他同校！我看那傢伙啊，應該很討厭你表弟！」

「怎麼會！我們家的人都超討人喜歡的，我就是啊！」夏玄允認真的說著，馮千靜翻了好幾個白眼，「妳翻白眼我看到了喔！」

「我超討厭你的！認識你之後我受傷、我房子燒掉、我還被我爸懲罰……簡直禍不單行！」

「但是妳已經愛上都市傳說了啊！」夏玄允瞇起眼，一副傳教成功的模樣！

馮千靜二話不說抓起駕駛座中間的水瓶，直接往後照頭打下去——

「哎唷！」夏玄允被打得栽回椅子裡，額頭疼得直嚷嚷，毛穎德嘆著氣，夏天有時候眞的很白目，馮千靜撞見都市傳說後究竟受了多少傷大家都知道，應該是恨之入骨了吧！哪會愛啊！

「前面前面……右邊那棟屋子！」夏玄允指著大喊。

「我都來過幾次了，知道啦！」毛穎德順利的將車子停在一棟相當峇里島風情的別墅前方。

路的前後跟對面完全沒有其他屋子，只有田地與樹林，基本上他們已經開這樣的小徑好一陣子了，居然這麼遠才這一棟房子，這整塊地都是夏天他阿姨的。

車子才停妥，夏玄允直接開門往裡頭衝，「阿姨！姨丈！我回來！」

「呀——夏天！」

裡面傳來尖叫聲與歡呼聲，一票人吵得不可開交，馮千靜已經打量了好幾圈，這裡跟度假計畫的湖邊小屋差很多耶！

「還是這麼誇張啊！」毛穎德聽著裡面的尖叫聲笑了起來。

「眞的耶！比以前更誇張了。」郭岳洋也笑著，解開安全帶。

偶爾大家有空時，都會陪夏天到隔壁縣的阿姨家度假，一般都是連續假期或是大考後，大家都想找個地方清靜，夏玄允就會提議到阿姨這裡來，他還可以順便探親。

不過，這次比較不同，多了馮千靜這個新室友，「湖邊小屋呢？」

「就後面而已……妳往後看，那邊有個岔路彎進去！」毛穎德指向斜後方一大片樹林，「我們總是要先跟屋主打招呼啊！」

「嗯。」馮千靜點點頭，「瞧夏玄允的樣子，他們跟家人很久沒見了嗎？」

「嗯……可能一個月吧！」毛穎德認眞的算著。

「一個月？」馮千靜蛤了好大聲，「幹嘛搞得像二十年前分離，還是在海裡失蹤再相遇的橋段？」

「哈哈哈，小靜，夏天家就是這樣嘛！」郭岳洋笑得很誇張，「熱情到一個不行，就跟夏天一樣啊！」

餘音未落，夏玄允又衝了出來，明明是大學生了，連動作都活脫脫少年姿態，社團的信箱裡最近多了好多好多情書，男女通殺。

「我這次帶了一個新朋友！」夏玄允興高采烈的直接奔向車子，毛穎德立刻拉過馮千靜的手往前推。

幹、幹什麼啊？她原本要反手折扭他的手，但夏玄允後面跟著走出一對中年父母，讓她立刻進入偽裝模式。

「啊，毛毛跟洋洋都來啊！」阿姨眉開眼笑的說著，馮千靜憋著笑意，原來夏玄允家的人都是這樣叫這兩個男生的！

「厚，阿姨，我們都大學生了！不要再那樣叫了啦！」郭岳洋立刻發難，「這樣叫起來很像小朋友耶！」

「哎唷！有什麼關係，在我們眼裡你們就是小朋友啊！」男人也溫和的說著，眼神瞟到了馮千靜，「這位是……」

沒看過的女孩。

寬鬆的大外套，一頭蓬亂的米粉頭捲髮，鼻梁上架著一副粗框的大眼鏡，看起來相當害羞，低垂著頭朝他們打招呼。

「您好！」她的聲音也不大，但尚有禮貌。

「妳好……」阿姨用很詭異的眼神看向夏玄允，「夏天，不會吧，難道是——」

「不是！絕對不是！真的不是！」這句話激動到三個大男生異口同聲，非常緊張的喊著，郭岳洋跟夏玄允的頭都快搖掉了！

千萬、千萬不要誤會馮千靜是他的女朋友啊！

「我們只是社團的同學而已，不要想太多！」夏玄允連忙解釋，「法文系的！」

「社團？」姨丈怔了幾秒，「都市傳說社？」

「是啊，她可厲害了，幫忙解決好幾件事呢！」夏玄允現寶般的炫耀著，「別看她這樣靜靜的，其實啊……」

「咳！」毛穎德輕咳一聲，從後面走上，硬是撞了夏玄允的肩頭，「簡單介紹一下就好了，我們要先去放東西啊！」

是要不要命啊！幹嘛說這麼多！等等進了屋子被馮千靜扁就是自找的了。

「啊，好好，屋子的鑰匙在這裡，東西放著就先過來，阿姨弄點心給你們吃！」阿姨把鑰匙交給夏玄允，溫柔的說。

馮千靜再禮貌的鞠躬頷首，轉過身背對他們時，不忘扔給夏玄允一記狠狠的眼神，多嘴幹什麼啦，找死嗎？

一行四個人重新上車，所謂樹屋是往後向左轉的樹林內，是一棟刻意蓋起的度假小屋，位在湖邊，相當清幽雅致。

「多嘴。」一進車子，馮千靜便咕噥著。

「我是太興奮啦！」夏玄允一臉無辜，「而且我從來沒有帶女生回來過耶！」

「什麼帶女生回來過？我是來玩的！」馮千靜翻了個白眼，「不要用帶女友的語句形容！」

「知道了啦！」夏玄允一臉委屈，更委屈的是其他兩個麻吉居然都不幫忙說話！

車子開在小徑上，兩旁都是樹林，彎進小路後就能看見山谷間的湖畔與小木屋矗立在那兒了！

「哇……」馮千靜喜出望外的下了車，所謂樹屋是一棟很大的屋子，兩層樓的高度，北歐風格，還有前廊跟後院，屋子四周均是一大片草原跟花圃，再往前就是倒映著青山的碧綠湖水。

做了個深呼吸，空氣好到令人五臟六腑都通透！

「很棒吧！」毛穎德拎著行李走來，「我們寧可跑到這兒，也不跟同學去唱歌逛街的原因就在這兒！」

「簡直太棒了！」馮千靜雙眼一亮，「我們這星期都待在這兒嗎？」

「差不多，可以烤肉、游泳，附近也有不少地方可以爬山，妳會喜歡的！」他笑著往裡走，「進來挑床舖吧！」

馮千靜掩不住笑意，她很喜歡親近大自然啊，戶外運動的感覺跟在健身房裡截然不同，她趕緊回身到車上拿過自己的行李，順便幫忙搬東西，然後……嗯？她留意到一旁不知何時的腳踏車，上頭坐了個高中生，還穿著制服。

「咦──夏天的表弟！」她戳戳正忙著在後車廂撈東西的夏玄允。

夏玄允立刻抬起頭，順著她的眼神回頭，「喔喔，阿木！你放學囉！」

曾治木從腳踏車上跳下來，立刻衝向夏玄允，兩個人開心的擁抱，看起來相當親密，又叫又跳！

「你怎麼來都沒先告訴我？」曾治木大叫著，「這樣突然到學校好屌喔！」

「帥吧！我想說既然跟圖書館有關，就先去學校看看啊！」夏玄允緊勾著表弟的肩頭，「有沒有風光？」

「有！一堆人跟我要你們社團的網址，我貼在校版了！」曾治木一臉驕傲的模樣，「而且一整個下午大家都在談論都市傳說！一直問我你們遇到的事！」

「嘿嘿！」連郭岳洋也都一臉得意，「我們可是九死一生呢！」

「哇！」曾治木露出一臉既羨慕又期待的眼神，「這次一定要跟我說細節，我晚上要住你們這裡！」

「那有什麼問題！這你家耶！」夏玄允回答得好乾脆，完全忘記馮千靜的存在似的。

「啊……您好！」倒是曾治木機靈，留意到拎著東西的馮千靜，「有女生在耶，那個我剛剛說好玩的！我沒有要過來住啦！」

馮千靜一樣縮著雙肩低垂著頭，一副生澀的模樣，像逃走似的回身往木屋走去，住過來她不介意啊，她平常不是也跟這三個傢伙一起住！她只是不想寒暄，還有東西很重得先放下！

踏進小木屋時她不禁讚嘆，其實構造相當簡單，但卻覺得寬敞舒適！

小木屋挑高設計，大門對著湖面，進門的位子約在右下角，一眼就能看透整間屋子的陳設；大門一進來就是寬大的客廳區，寬敞不已，有張茶几，五人座的長沙發加上兩個單人沙發，門邊的壁上就是六十吋的大電視，爽度超高，還眞的是度假專用啊！

客廳區的正後方便是廚房，系統廚櫃圍成一區剛好也當個矮隔牆，從門口看過去是ㄈ字型，廚房出入口向著屋子的左半部，方便大家進出，冰箱貼牆在出入口處，約莫在屋子縱向的中間線上。

接下來左邊那三分之二的地方全是住宿區了，與門口的方位一致呈東西向，分釘在兩邊的牆上，中間的區塊就是公共區域，可以坐在這兒聊天打牌；上下總計八個床位，一邊四個上下各二，每個床位都有加裝隱私簾，感情好的可以當通鋪，不熟的也能隔起來，床鋪旁都還有專屬櫃子，相當貼心。

在住宿區與廚房區中後的區塊就是兩間衛浴，應有盡有。

馮千靜挑了可看見大門的樓上位子，這位子可以看見十一點鐘方向的大門、客廳區、往左後就是廚房，對面上下鋪也瞧得清晰；東西放好她就爬下樓梯，往廚房去，廚房裡各式爐具刀具齊全，毛穎德正打開冰箱審視著裡頭有什麼。

「他們兩個在幹嘛？這麼久？妳想想有沒有什麼缺的，我們等等去採買。」

「噢，好！」她隻手扠腰，「那個表弟放學過來，大家正在外面聊天……啊他說想來這邊睡，看到我時愣住了，但我無所謂！」

「啊……每次我們來玩，阿木都會想過來一起！」毛穎德試探性的看著她，「妳眞的沒關係厚？沒關係的話我來處理。」

「嗯哼！」她其實有點遲疑，「問題是他在這裡，我就不能原形畢露了對吧？」

「呃——」毛穎德還沒回答，廊外傳來了熱鬧說話聲，他們兩個還在廚房區裡，夏玄允、郭岳洋跟曾治木就都把東西全搬進來了。

「那個再議。」毛穎德趕緊跟馮千靜說著，接著打開冰箱，把裡面的罐裝飲料搬出來，「嘿阿木！」

「嗨，毛哥！」曾治木笑得開懷，「我今天在學校看到你們超激動的！」

「來，這都你們家的飲料！盡量喝！」毛穎德送上可樂，大家笑了起來。

「謝謝毛哥！」阿木望著坐在身邊的三個男生，稱羨不已，「大學生好好喔，可以放一星期喔！」

「那是今年比較特別，在放假之前考試，我們才能這樣放肆一週！」郭岳洋用很珍惜的神情望著天花板，「我絕對不要浪費這一個禮拜！」

是啊，馮千靜站在廚房裡瞪著夏玄允，最好不要讓她浪費這一個禮拜！

「那個……都還沒正式介紹！」阿木眼睛一直不住好奇的看向馮千靜，站在茶几邊禮貌的自我介紹，「您好！我叫曾治木，是夏玄允的表弟。」

「嗯。」站在廚房裡的馮千靜再度避開了他的眼神，點點頭，「我是同學。」

「她叫馮千靜，是我們社團的，也跟我們住在一起，所以也算室友。」毛穎德搶在夏玄允的介紹前先開口，「你可以叫她千靜姊。」

馮千靜維持淺笑，眼神依然不對上阿木，她不輕易看著對方雙眼，這樣才有內向的感覺。

「千靜姐好。」阿木眞的相當有禮貌，「好意外，我之前就聽說你們跟一個女生合住，我以爲男生只跟男生一起，這樣不會彆扭嗎？」

「不會！那也要女生眞的很像女生啊！」郭岳洋用燦爛無邪的臉，衝口說出無意識的話語——一秒後悔！

夏玄允倒抽一口氣，洋洋是在說什麼啊?!就算是事實也不能講得這麼明白啊！「因爲小……千靜、馮同學很好相處，所以我們不會覺得不自在！」

「是這樣嗎？」阿木會這樣問是有原因的，因爲那個女生看起來很害羞內向啊！

「是，所以你晚上要過來睡也沒問題。」毛穎德順勢說著，「剛剛她說了沒問題，反正她睡上頭。」

「眞的嗎？」曾治木興奮得雙眼一亮，「太好了，我有好多好多事想跟你們說——」

一瞬間，馮千靜感覺到有什麼不對勁了，不知道是夏玄允過度燦爛的眼神，還是郭岳洋拿出筆記本準備紀錄的動作，這些都跟在學校社團的情況一樣——一且有人說撞見都市傳說時的氛圍！

「我眞的不認爲，阿翔會自殺。」

「在這之前我先問你。」夏玄允打斷他的話，「我聽說，你想去找第十三個書架嗎？」

曾治木緊張的倒抽一口氣，眼神倉皇，「我、我只是……」

「阿木！都市傳說之所以讓人感覺毛骨悚然，就是它不該碰！」夏玄允突然義正詞嚴的對著曾治木訓話，「你知道去玩一個人捉迷藏的人後來怎麼了嗎？」

「我……我……你們上面是說，有人被娃娃殺了。」

下一秒，夏玄允倏地回頭看向馮千靜。

她？馮千靜怔住了，這傢伙有臉講得這麼頭頭是道喔！最該被教訓的應該是他吧？

「娃娃找到玩遊戲的人，換人當鬼就得一刀刺進胸膛。」馮千靜淺淺的說，「死了幾個人，屋子燒掉，後面的紅衣小女孩也很慘。」

夏玄允一秒回頭看向他，「懂了嗎？傳說就讓它只是傳說，千萬不能去碰！」

「阿翔拜託我去找書架，幫他的忙……他眞的很痛苦！」曾治木絞著雙手，激動無助的說，「只有問書架才能解決他的問題……我只是想幫他！」

「你去找了嗎？」郭岳洋忽然扔出這個問題，因爲他紀錄著曾治木所說的話，感覺他用的詞像是去過了。

曾治木果然有些心虛的縮了頸子，這反而讓夏玄允緊張的搖著他的身體，「你找到了嗎？你按照傳說做了嗎？」

「沒、沒有！」曾治木突然嗚哇一聲哭了出來，「如果有的話，阿翔就不會死了！哇——」

雖然對死者有些不禮貌，但是這是夏玄允第一次覺得……幸好阿木沒有去試驗那個傳說……幸好他沒找到。

曾治木失控的哭了起來，馮千靜依然保持距離的站在廚房裡，太感性的場合她不適合靠近，尤其她討厭看人哭……沒有歧視，不管男生女生哭，她都討厭！

溫柔的郭岳洋遞上衛生紙，還趕緊幫他開罐飲料，其實馮千靜明白，他是希望曾治木可以快點恢復正常多說一點，他想紀錄。

「阿翔他……沒有任何問題，他沒有失戀，也沒有遇到什麼挫折，更沒有憂鬱症，跟新聞說的不一樣，什麼天才有天才的隱憂，放屁！那都記者編的！」

「記者的工作就是編啊！不然哪有可看性！」小朋友這麼天眞還不明白？

「重點是沒有證據顯示他殺吧？你不就是第一目擊者？」郭岳洋看來已經查過資料了。「他拿著刀子割開自己……而且我還看過報導說他在自殺前就有自殘過了！」

「那是被逼的！」曾治木堅決的反駁，「他很痛苦，不管是自殘跟自殺都不是他自願的……我也不知道爲什麼，反正從某天開始他就變得很奇怪，精神不佳，人也變得不舒服，情緒逐漸不穩，我問他怎麼了，他都用一種欲言又止的眼神看我，說一些很不著邊際的話。」

「不著邊際？」夏玄允倒是好奇，「可以舉例嗎？」

「他說他身體裡有蟲。」曾治木認眞的看著表哥，「有蟲在吃他的身體，頭裡、身體裡到處都是！」

三個大男生莫不錯愕的看著語出驚人的高中生，如果不是他一臉認眞的模樣，他們還眞會以爲他是在說笑咧！

「蟲啊……」郭岳洋在紀錄本上寫下大大的蟲字，還不忘圈起來，這是個重點關鍵字。

「我一開始也以爲他是開玩笑，但是阿翔的眼神告訴我他是認眞的，他說他聽得見蟲在啃蝕他身體的聲音，在吃他的肉、吃他的組織，所以他一天天虛弱下去！」曾治木邊說邊緊緊握拳，「一直到那天……」

自殺的那天為止。

夏玄允認眞的在思考蟲的存在與否，以及相關的都市傳說。

「這樣也可以解釋他爲什麼自殺，或許是承受不了壓力，或是精神分裂導致的幻覺。」毛穎德從科學方面去剖析，「他突然變得詭異，有撞見過什麼東西嗎？」

曾治木立刻搖頭，「他不是精神病！」

「好好好，不是！」夏玄允趕緊推了毛穎德一下，不要再刺激他表弟了，「你說說看，發現他死亡那天的事！」

「那天……」曾治木提起這件事，全身又開始微微顫抖。

「沒關係，你慢慢說……」郭岳洋不忘爲他打氣，「我們時間很多的！」

曾治木點點頭，深吸了一口氣。

「我們每天早上會一起上學，都是我先去找他，因爲他家就在往學校的路上。」曾治木半闔雙眼回想著，「那天早上反常的是LINE他都沒讀也沒回，我有點擔心，打了電話也沒接，我很怕他睡過頭，所以提早出發去找他。」

郭岳洋在旁急速抄寫著，毛穎德暗忖只怕那天早上的LINE是無法讀取了吧？

「我到他們家時，元媽媽還有點錯愕，覺得我好早來，然後說今天元陵翔比較晚，在樓下吆喝著……阿翔做事一向很有條理跟責任感，他父母不會管他的行程，因爲他總是會把自己打理得很好，所以也一直沒去叫他。」阿木接著說，「我衝上去敲門發現他沒有回應，打手機卻聽得見響聲就急了，最後是我把門撞開的。」

話至此，阿木又開始哽咽了，他用力抹去眼角滑落的淚水，做著深呼吸好壓抑激動的情緒。

「他躺在地上，背靠著自己的床，姿勢很僵硬……警察說因爲他死了幾個小時了，那叫屍僵……地上床上牆上甚至天花板全部都是血，他雙手握著菜刀，脖子……」阿木潛意識比了一下右邊頸部，「切開了。」

遠遠的馮千靜想像著那畫面，先不論其他，單是要用菜刀活活把自己頸子割開，那得下多大的決心啊？

「所以你進去前是反鎖的！那窗戶呢？」毛穎德追問。

「都檢查過了，沒有外力侵入的跡象，而且元陵翔房間什麼都沒掉，只有書桌上的東西全部被掃掉，感覺是他自己掃的，警方說他好像處在一種絕望之中！」

郭岳洋幫忙補充後續，這在報導中都看得見，「儘管所有人都覺得不可思議，但事實就是……」

「才不是！」曾治木又氣得駁斥，「他是被詛咒了！」

詛咒？基本上詛咒可不算在「都市傳說」的範圍內啊！

「你不要急，如果眞的是都市傳說就找得出來……或是它們也會主動出現的。」夏玄允說了一點都不讓人安心的話語，「詛咒的話我們只怕就更無能爲力了，因爲根本不知道那是什麼玩意兒。」

「而且別忘了說不定眞的只是單純的自殺。」毛穎德再三提醒，「壓力過大，或是他眞的有什麼不爲人知的祕密，妄想、幻想症也難免，蟲在身體裡啃？這點就太匪夷所思了！」

「是啊，他如果覺得身體裡有蟲，那有去醫院檢查嗎？」郭岳洋試探著問。

曾治木無奈的點頭，「X光也照了，但是照不出什麼，醫生說他相當健康……」

夏玄允雙手抱胸認眞的思考著，似乎割頸自殺這條沒有在類似的都市傳說裡出現過……畢竟自殺可不需要什麼外力加工啊！

「我倒很好奇是什麼原因讓你覺得是都市傳說？」馮千靜還是忍不住的開口問，「一樁自殺案，就算你覺得離奇，卻什麼原因都不作他想，直覺說是都市傳說？可又連哪個都市傳說都不知道？」

「那是、那是因爲第十三個書架的事，最近很紅！」曾治木有些囁嚅，「有傳聞說有人已經去求書架並且得到了解答，絕對會有人倒楣；我後來又聽說上一次有人求書架顯靈時，也有割頸自殺的新聞！」曾治木說得非常快，一下子跳到過去的事件，逼得郭岳洋拿出手機開始錄音，「所以，我想說不定阿翔的狀況也一樣，有人拜託書架對他做了什麼，我也可以去找書架瓦解掉這個……」

「停——」毛穎德忍不住了，「求書架逼人自殺嗎？過去的割頸事件又是哪裡聽來的？你知道你在說什麼嗎？」

「我當然知道！這是流傳已久的傳說啊！只要跟第十三個書架祈求，書架就會幫你！」曾治木說得振振有詞，「我找過報導，之前眞的也有人割頸自殺過，情況跟阿翔一樣，都沒有人相信他會自殺！」

居然還有先例？這讓夏玄允也陷入了沉思。

「洋洋，記下來要找一下之前的先例。」

「嗯！」郭岳洋用力點頭，「我知道！所以因爲同時有人在網路上講第十三個書架的事，所以讓你覺得詭異囉？」

「我……」阿木點點頭，淚水撲簌滾落，「我就是不相信他會自殺！」

十六歲的孩子驀地痛哭失聲，抽抽噎噎得語不成串，郭岳洋趕緊上前安撫，最要好的朋友死了自然難過，更別說他還看過現場。

「什麼事都還不能妄下斷語，如果眞的是有人去求書架卻導致元陵翔的自殺，就可以先想想誰討厭他！」夏玄允列出了幾點，一邊思考著，「有沒有可能是希望書架殺掉他？」

「高中生耶！」馮千靜叼唸著，哪有這麼大的深仇大恨？

結果夏玄允跟毛穎德卻一起點頭，「這種人應該很礙眼吧，長得帥功課又好，誰都討厭的類型。」

「是啊，應該也很受女生歡迎吧，那就更惹人討厭了！」

什麼跟什麼啊？這樣就被討厭？「有値得到殺人嗎？」

「有！怎麼沒有！」毛穎德往左看向她，懶洋洋的向後靠，「高中生世界多大？就只有學業跟妹而已，這兩個他都搶盡風頭，百分之百的惹人嫌！」

「再加上如果是找都市傳說求救，又不是髒自己的手，何樂而不爲！」夏玄允回首，朝著她認眞說明。

天哪！馮千靜忍不住翻個白眼，這世界未免也太狹隘了吧！

「那第二點，元陵翔變得反常到自殺的時間有多久？」郭岳洋繼續發問。

曾治木蹙起眉，連一點猶豫也沒有，「七天。」

「七……」郭岳洋的筆停了，愕然抬首，「七天？你確定？」

才七天？這麼短？

「我確定，因爲時間短得連我都驚訝……因爲我沒有足夠的時間找到書架幫他……」曾治木用力搖著頭，「才七天他就自殺了！這跟十三個書架的傳說一模一樣啊！」

毛穎德立刻看向夏玄允，傳說還沒完啊？

「如果書架回應了你午夜的祈求……」夏玄允幽幽的說著，「七天內必定實現你的願望。」

糟！毛穎德無奈的立即看向九點鐘方向，依然站在廚房裡的馮千靜，還眞的又一個「都市傳說」！

噢！天哪！馮千靜忍不住翻了個白眼！「我們是來度假的對吧？」

有幾百個圖書館裡幾百個書架，哪裡找都市傳說啦？

第三章 夜半枕上的訪客

這天晚上大家沒有在小木屋吃飯，畢竟剛到人家家裡，夏玄允的阿姨自然準備了一桌豐盛料理爲大家接風，也算盡地主之誼，馮千靜席間鮮少說話，啓動標準低調模式，平常在學校裡她一向如此。

餐桌上除了聊彼此的近況外，夏玄允的注意力明顯的擱在阿木身上，而關於「都市傳說社」的細節反而避重就輕，親人根本不知道他多次以身涉險，感覺得出來他親戚知道他喜愛「都市傳說」，但卻不知道他涉入多深！阿姨溫聲交代他要注意安全，別讓父母擔心。

好像要是說出他之前連都市傳說起源地都敢擅闖的話，會發生不小的事情呢！

姨丈自然提起元陵翔的事，反而讓曾治木更加難過，因爲父母似乎也是選擇相信官方說法，認爲阿木走不出來，無法接受現實。

阿姨跟姨丈其實相當憂心，對於他這次考到第一名一點都開心不起來，因爲那表示他還未放下；沒日沒夜的唸書，也不再去打球了，光看外表就能看出他的精神不佳，總是若有所思。

這天晚上，曾治木眞的抱了枕頭被子到湖邊小屋來，說好要跟表哥一起睡的，隔天是假日多的是時間，睡到自然醒也沒問題。

馮千靜早早就爬上去睡了，樓下一開始喧鬧不止，吱吱喳喳，上頭的馮千靜忍不住抱怨，到底是誰說女人在一起跟菜市場一樣？男生也不遑多讓好嗎！

聊到後來，夏玄允又提起元陵翔的事情，他們說著第十三個書架的午夜祈求，曾治木低訴著他爲了元陵翔眞的去尋找的過程，甚至有一晚眞的向書架祈禱，但是什麼都沒有得到。

所以，那不是傳說的書架，郭岳洋如是說。

不知道是聲音越聊越小，還是馮千靜睡沉了，她忘記什麼時候開始再沒聽到說話聲，半夜醒來時，發現燈光已經暗去，只留下地板一個小夜燈，以防有人半夜起來去廁所時滑倒。

半探起身，對面上舖的毛穎德看樣子已經熟睡，下頭的三個男生更是睡得東倒西歪，有人都快睡出通舖外了；她探身床頭櫃邊拿水喝了幾口，翻個身倒下來繼續睡。

對面的毛穎德聽見聲音睜眼，疲憊的他也覺得口乾舌燥，但是床頭沒放水，現在要他下床更是比登天還難。

眞想叫馮千靜把水瓶扔給他啊……好渴好渴，但是又好想睡……幾番掙扎之下反而益發清醒，最後毛穎德很不甘願的坐起，躡手躡腳的爬著樓梯下去，決定抱一整瓶上來。

拖著步伐走到冰箱邊，拿出一整瓶礦泉水，爲了怕吵到大家，關上冰箱時他特別的輕……毛穎德正巧轉向廚房的窗戶外頭，紗窗上竟然有影子爬動，他揉了揉惺忪雙眼，眞懷疑是光線太暗所以眼花了。

緩步再往前走，直到靠上了廚房的流理台，好瞧清楚沙窗上是外頭的風吹動光影擺動，還是什麼……蟲?!

一隻又一隻比蚯蚓還細長般的蟲在紗窗上爬行，密密麻麻的幾乎覆蓋住整個紗窗！

喝！毛穎德嚇得向後踉蹌幾步，差點摔掉手上的水瓶，怎麼這麼噁心！哪來這麼多蟲？他知道這裡又是草地又是湖邊的大自然環境，幾隻蟲算不了什麼，但是覆滿少說三十乘以五十見方的大紗窗，就太誇張了！

他緊擰眉，可以感覺得到背脊發涼，總覺得這些蟲蟲大軍一點都不正常。蟲在移動，看起來緩慢卻靈巧的爬行著，大批的蟲很快的自紗窗前爬離，從縫隙中毛穎德好不容易能見到外頭，廚房窗戶對著的位子是通往外頭的小徑，這角度至少可以看見白色的路燈、小路以及——人?!

在漆黑的小徑上，曾幾何時站了一個男孩！

毛穎德僵硬的緊握著水瓶，礦泉水瓶幾乎都要被他捏碎，人影雖遠但是在路燈的照耀下，形體清楚得很……而且下意識告訴他，那個不該是人。

窸窸窣窣的聲音倏地在耳邊響起……毛穎德不適的顫了一下身子，這像是有人貼在他耳朵邊低語，他恐慌的往右看去，右邊自然沒有人……甚至往後再看了一圈，上下舖只有沉睡著的朋友們。

沒有人……等等，現在連左邊都有耳語傳來，簡直是立體環繞音響！可惡！問題是他一個字也聽不懂，只知道聲音在耳邊窸窣響著難過！他眞的感覺有什麼貼在他雙耳邊說話，只差沒有人吹氣。

究竟是什麼？他雙手掩耳，倉皇失措的抬首再看向外頭，那個男孩卻伸長手指著他的十一點鐘方向，那是在哪兒？他們這棟屋子？還是正在外頭木板屋上爬行的蟲們？或是……他順著回頭，他們睡著的地方？

夏玄允睡在樓下的通鋪上，雙眼卻睜得圓大，他聽見毛穎德下床的聲響，也知道他正在廚房。

但比起這些，他更在意的是上舖床底爲什麼會有這種東西？

他是被奇怪的聲音吵醒的，說不上來是什麼，但就好像在耳邊響起，勉強睜眼卻赫然看見正上方的上舖床底爬滿了蟲！他第一時間就想大叫毛毛救命，可是

卻發現根本叫不出聲。

不僅叫不出聲，事實上他根本動彈不得！

夏玄允就這麼僵硬的躺著，只剩下眼珠子能轉動，拼盡全力手指頭一根也動不了，只能看著萬蟲在他的「天花板」上蠕動著，他嚇得全身發抖，萬一、萬一有幾隻掉下來的話……天哪！

正想著，彷彿有幾隻眞的抓力不夠，啪沙啪沙的淨往他臉上掉了！

哇——呀！不要鬧！夏玄允嚇得緊閉起雙眼，毛毛在做什麼啊？快點走回來啊！說不定爬上去前可以看一下這邊，他臉上身上都是蟲……唔！感受到蟲在頸子上爬行，他雞皮疙瘩全部站起來了！

這時候他應該會歇斯底里的跳起來抓狂尖叫，但他卻依然動不了！爲什麼會這樣……這太離譜了，這簡直是酷刑折磨，有東西在你臉上身上爬來爬去，卻尖叫不了撥不得跳不得！

蟲在他敏感的後頸項蠕動爬行著，夏玄允卻無能爲力，他只能緊閉著雙眼，祈禱著毛穎德能夠趕快回來，稍微多看他一眼！

嗚……不要再爬了，你到底想爬到哪裡——夏玄允倏地跳開眼皮，感受著蠕蟲們不約而同的，爬上了他的耳垂……等等，等一下，這太離譜了，他雖然不怕蟲，但身體有很多地方可以去，爲什麼要往耳朵鑽？

說時遲那時快，一條蟲就這麼滑進他的耳朵裡，哇啊啊——夏玄允的心裡爆出尖叫，拿走！誰快把蟲抓走啊！

跟著第二條從左耳也滑進去，他感受著蟲爬進他的耳道，一鑽進去的瞬間，都能聽見牠們爬行的聲音，倏地放到數十倍般的清楚！

他想扭動他想放聲尖叫，夏玄允掙扎著，臉即使都漲紅了卻依然被無形的力量束縛住，感受著蟲一寸寸爬進耳朵裡，理智跟著一絲絲逐漸崩塌。

救命！毛穎德！這邊，快點阻止那些蟲鑽進他的耳朵裡啊啊啊！

此時的毛穎德正狐疑旋身，看著窗外那個人指向的地方，他沒有感受到惡意，或許是這輕微敏感體質讓他不經意撞見了在人世間飄蕩的遊魂，隨手一指他實在不該認眞才對！

再度往窗外看去，那個男孩已經不在了。

就說吧，下次應該假裝看不見的……該不會是因爲這邊是山林所以才比較容易看見吧？

嘆口氣，心裡還是不舒服，所以他動手把玻璃窗給關上——

「哇啊——哇啊啊啊啊——」

電光石火間，淒厲恐懼的慘叫立時傳來！

關窗的手被嚇得滑開，毛穎德詫異的回首，上鋪的馮千靜根本是跳起來的，是誰在大叫？

夏玄允從床鋪上跳起，他歇斯底里的大聲吼叫著，毛穎德根本傻在原地，來不及反應究竟發生了什麼事！

無獨有偶，睡在夏玄允身邊的曾治木居然也同時一骨碌坐起的大叫，他們兩個人簡直是用盡全身氣力去慘叫的！

夏玄允另一邊的郭岳洋呆坐起身卻完全傻住，耳邊只傳來他們不絕於耳的慘叫聲。

「開燈！」上頭的馮千靜大叫著，往下方看向毛穎德，還來不及想他在樓下幹嘛，反身握住樓梯，直接滑了下來！

毛穎德即刻衝往客聽的方向，所有電燈開關都在門邊，他啪的一口氣打開所有的燈，同時間馮千靜已經鑽進了下鋪，雙手箝住夏玄允的雙臂！

「你在做什麼？夏玄允！」她大喝一聲！豈料怎麼夏玄允卻雙手掩耳的直接往前撞開她，痛苦的在地上打滾！「夏玄允？」

回首望著滾出通鋪外的夏玄允，毛穎德剛好跑來，他試著要攙起他，卻數次都被他扭動掙扎的身子甩開。

「哇啊——哇啊啊啊——」曾治木也在床上劇烈打滾，雙手掩著耳朵、鼻子，「不要！哇啊！啊啊啊——」

郭岳洋忽地拉走馮千靜，讓她退到一旁去，留給他們慘叫與打滾的空間。

「這是怎麼了？」馮千靜衝著毛穎德問！

「我不知道啊！」毛穎德慌亂異常，「我只是起來拿水喝而已，他、他們兩個突然間坐起來就這樣慘叫了！」

嘖！馮千靜離開下舖，這一次直接繞到翻滾的夏玄允背後，從後面直接架起他，雙手由後繞過他的腋窩下，再往上繞到他頸後互扣，穩當的扣死他！

「夏天！夏天！」毛穎德立刻面對著夏玄允，也小心的避免被他死踢的雙腳踹到，「看著我！我是毛穎德！」

「哇啊啊啊！」夏玄允根本聽不進去，他只是雙目瞠到最大，用盈滿恐懼的眼不對焦的到處亂晃，雙手緊緊掩住耳朵，簡直像陷入瘋狂！

「夏天！」郭岳洋也爬了出來，恐懼的大喊著，「你冷靜點！你一直尖叫我們什麼都不知道的——看著我們！」

「啊啊⋯⋯」想掙扎卻被馮千靜扣緊的夏玄允彷彿聽見似的，張大嘴望著毛穎德，尖叫聲減緩，但全身卻劇烈發抖，「快點把牠拿出來！拿出來！住手！叫牠停！」

「叫誰？停止什麼？」毛穎德搖著他，他卻痛苦的緊皺著眉，雙手緊緊的壓住耳朵，使勁到手背都爆出青筋，「你講明白，我要把什麼拿出來？」

「住手！住手……」一旁的曾治木突然跟著悽楚的叫喊，簡直是二重唱，「牠們鑽進我的腦子裡了！叫牠停！叫牠停——」

什麼？每個人都聽見了，鑽進他的頭？

「什麼東西鑽進你的頭了……阿木？」郭岳洋趕緊移過去，看著曾治木也摀著雙耳，前額不停的撞著床柱！

夠了！馮千靜深吸了一口氣，她討厭拖泥帶水！

她倏地鬆開箝制，以迅雷不及掩耳的速度繞到夏天面前，將他壓上地板，隻腳壓在他胸口，他竟動彈不得！

「冷靜！」馮千靜中氣十足的在低吼著，「什麼東西鑽進去了？」

夏玄允像是被嚇到般，雙眼呆然的望著她，不止的淚水奪眶而出，慘白的臉色與發顫的唇都象徵著他的恐懼。

「蟲……」夏玄允哭了起來，「有蟲鑽進我腦子裡了！」

不可思議的事情，在半夜的小木屋裡上演。

兩個歇斯底里的大男生在一陣哭鬧大叫與打滾後，逐漸平息下來，但是顫抖的雙肩依然可以看見他們未止的恐懼。

小木屋裡的東西相當齊全，可以看出阿姨很疼夏玄允，連他愛喝的飲品都備下了，所以馮千靜刻意泡了三杯熱騰騰的巧克力棉花糖，分別給夏玄允、郭岳洋及曾治木。

「好點了嗎？」郭岳洋焦急得很，都快跟著哭出來了，「啊……謝謝小靜！快點喝！」

這種時刻就不計較稱謂了，馮千靜討厭別人叫她小靜，又不是什麼可愛女孩，小個頭！

眼淚都還掛在臉上，夏玄允抖著唇捧起馬克杯，喝入一口巧克力時，淚珠還噗通的掉了下去。

「究竟是怎麼回事？眞的會被你們嚇死！」毛穎德直接坐在地毯上，瞅著茶几對面臉色蒼白的兩個人，「兩個做一樣的惡夢？」

「不是夢……不是……」曾治木立刻搖首，「眞的有蟲鑽進我的頭裡了，牠們從耳朵鑽進去的，兩邊、兩邊都……」

他哭喊著，原本要拿起馬克杯的手抖得不停，根本無法抓握。

毛穎德擰起眉頭，這眞的很不合邏輯，兩隻蟲分別左右耳鑽進兩個人的耳朵裡？馮千靜從廚房走來，看著背對著他們的曾治木又在低泣，搖搖頭繞過五人座的長沙發也到了茶几對面，將手裡的馬克杯遞給毛穎德。

「謝謝。」他接過，裡面是咖啡，好樣的，表示晚上要熬夜了嗎？

「夏天你也是嗎？」馮千靜蹲坐下來就問，「蟲也……」她指指耳朵。

夏玄允比曾治木冷靜一點點，他發抖的做著深呼吸，連連點著頭，「一、一模一樣，不知道幾隻蟲……鑽進兩邊耳朵……天哪！我聽得見牠們在我耳朵裡走路的聲音，聽見牠們往裡頭鑽的聲響……」

「冷靜點……我知道很難！」毛穎德握著手機起身，坐到夏玄允身邊去，「蟲有多長？」

夏玄允像是忍著顫抖看向他，嚥了一口口水後舉起雙手食指，大約比了一個長度，郭岳洋看了不由得倒抽一口氣，夏天那個長度超過十公分啊！

毛穎德蹙眉，那個長度跟他剛剛在紗窗上看見，好像差不多……「細細的，很像蚯蚓，環節動物？」

夏玄允緊咬著唇用力點頭，幾乎都快哭出來了。

「現在，還聽得見嗎？」郭岳洋憂心忡忡的問著。

夏玄允跟曾治木不約而同的搖頭，「暫時聽不見，但是剛剛牠們在咬組織的聲音好大聲、好清楚……」

「怎麼辦？叫救護車吧？」郭岳洋緊張的看向毛穎德。

「我先看一下！」毛穎德搭上夏玄允的肩頭，「我用手電筒照一下，你放輕鬆喔！」

「那我去準備水，如果有看見蟲的話把牠逼出來！」馮千靜雙手一撐茶几，俐落起身。

夏玄允強迫自己放鬆，卻雙手握得死緊，毛穎德打開手電筒往耳道裡看去，心裡暗忖著十五公分的蟲，怎麼可能鑽進耳道裡？

在LED的燈光下，耳道暢通，什麼都沒有。

但是，臂間的人突然又開始動了！「哇……牠在動！牠在掙扎……把燈關掉！燈關掉！」

夏玄允怒吼著，一把推開毛穎德，同時讓自己滑下沙發，跌坐上地毯，「不要動！不要再爬了，哇啊——」

馮千靜瞪了回來，看著夏玄允那種淒厲慘叫的模樣，深深覺得這樣不是辦法，「不必叫救護車，我們直接去掛急診吧！」

毛穎德關上手電筒，內心裡有說不出的不安，看著馮千靜頷首。

郭岳洋趕緊去把兩個人的外套拿來，讓他們披著，好不容易夏玄允才安靜下來，他幾乎因爲掙扎而精疲力盡，得在攙扶之下才能行走；曾治木也沒好到哪裡去，瑟瑟顫抖的身子幾乎已經不聽指揮了。

輪流將兩人先扶進車內，郭岳洋細心的爲他們繫上安全帶，就在車上陪他們，毛穎德回木屋拿鑰匙跟錢包，還有夏玄允的健保卡。

「我剛剛在窗戶上看見蟲。」毛穎德冷不防的開口，從上舖爬下來的馮千靜頓時停住。

「什麼？」

「我關上冰箱時發現對著外頭的那片紗窗上漆黑一片，結果是一堆那樣的蟲在爬，密密麻麻蓋住了整個紗窗。」毛穎德邊穿外套邊走向廚房的紗窗，「蟲爬走後，我看見小徑上站了一個……好兄弟。」

馮千靜是唯一知道他有輕微敏感體質的人。

馮千靜一骨碌跳下來，狐疑的走上前去，順著毛穎德指的方向看，「哪裡？」

「就現在車子的旁邊，那個好兄弟看不清楚，但知道是男的，手高舉比向一個方向……我原本以為他在指那些蟲，但現在想想，他指的是木屋裡——」毛穎德跟著向右後旋身，身後四點鐘方向的下舖。

「夏天他們睡的地方……」馮千靜嘆了口氣，「蟲鑽進去，你還想到什麼？」

「元陵翔。」毛穎德也直接說了，「他們喊出那句話時，我第一個想到的就是他，他對曾治木說過，他體內有蟲。」

「這是哪門子的都市傳說啊？」馮千靜帥氣的披上外套，「最好快點找到，我可不覺得這是普通的小事。」

「先去急診再說，有蟲就趕緊逼出來……天哪！」兩個人疾步往外走去，「十五公分的蟲鑽進耳朵裡，要我不嚇死也半條命了！」

「別說了，想到我全身就發寒。」馮千靜鎖著眉頭，兩個人飛快的離開小木屋，驅車前往醫院。

來不及跟曾治木的父母說，馮千靜留了張紙條，如果在醫院候到天亮，會適時的打電話回去報告這樣的緊急事故。

一路往醫院的路上，夏玄允他們都相當安靜，只是看上去很不安，原本擔心檢查時又會跟剛剛手電筒探照般的發作，卻意外的沒有任何事情；曾治木說他們沒有聽見蟲在蠕動的聲音了，但是聽見時眞的會歇斯底里，因爲每走一步，就像高倍擴音器在腦子裡播放一樣。

初步用光照也是沒有任何東西，接著才做更詳細的掃描。

在等待結果的同時，郭岳洋已經很努力的在尋找相關的都市傳說了，只是怎麼翻，都沒有關於蟲鑽進耳朵裡的相關傳說。

「如果曾治木能鎭靜的話，就要好好問他元陵翔的狀況了。」毛穎德覺得從有經驗的人下手會比較快，「我不信有這種巧合，大家都這麼剛好有蟲往耳朵裡鑽！」

「阿木沒有說過有蟲鑽進元陵翔耳朵裡啊！」郭岳洋翻著紀錄本說著。

「管他，就是腦子裡有蟲，不是一樣嗎！」馮千靜就只衝著結論。

「眞希望醫生眞的抓得出蟲。」郭岳洋喃喃的說，「萬一沒有，又眞的跟元陵翔一樣的話，那就糟糕了。」

「是啊，最糟的是你們身爲『都市傳說收集者』都沒聽過的傳說，連找方法解決都很難。」馮千靜想到這點就頭痛。

「我是覺得很詭異，爲什麼會同時找上這兩個人？」毛穎德在一旁若有所指，「曾治木跟夏天沒有什麼交集啊，唯一有的交集就是今天！」

「他們是表兄弟，這交集不夠大嗎？」

「但假設前提是跟元陵翔的情況一樣的話——這三個人沒有共同點啊！」這是他所困惑的。

馮千靜深吸了一口氣，沒好氣的望著他，「喂，都市傳說是沒有邏輯可言的，又不是沒遇過！」

「眞的沒邏輯嗎？」毛穎德倒是不以爲然，「我反而覺得看似亂七八糟，但其實它們還是有自己的脈絡可循——尤其，如果這個傳說是第十三個書架的話。」

「嗯？」馮千靜皺眉，她討厭想太複雜的事。

「因爲書架是午夜祈求吧？」郭岳洋幽幽的在毛穎德身後出聲，「是有所求，才會去找那個都市傳說，希望書架可以幫忙……所以說不定是有人希望元陵翔自殺，才去求書架，同理可證——」

馮千靜怔住了，瞪圓眼看著毛穎德，「有人希望曾治木跟夏玄允——這怎麼可能?!」

「我只是猜！」毛穎德嘆口氣，「一切還是等結果吧，有蟲與沒有蟲的分別。」

「天哪！」馮千靜認眞祈禱，「我現在非常希望他們兩個耳朵裡都有蟲！」

「夏玄允——」餘音未落，護士叫喚了名字，「夏玄允的親屬！」

三個人立即回首，緊繃著身子回答，郭岳洋在外面陪伴檢查完的夏玄允跟曾治木，由毛穎德跟馮千靜代表進去聽。

「這現象……實在罕見。」

還沒坐下來，醫生就語重心長的開口，手上還拿著X光片。

「蟲……傷到哪裡了嗎？」毛穎德試探的問。

醫生搖搖頭，再搖了搖頭，回身向後開啓X光片的看片燈箱，將手上的X光片插上去，「這根本不可能發生的事，短時間內卻發生了兩次！」

馮千靜緊張得都站起來了，看著眼前兩張X光片，清楚的拍照夏玄允跟曾治木的頭骨……頭骨……然後還是只有頭骨。

「什麼都沒有啊?!」她皺眉，原本期待有長長的蟲體在裡頭。

「對，就是什麼都沒有！」醫生認眞的看向他們倆，「你們在住處有看見蟲嗎？」

毛穎德眼神閃爍了一下，「沒有。」

「他們最近有什麼不順心的事嗎？還是壓力太大？還是把惡夢當眞了？」醫生看著病歷，「如果再這樣下去，只怕又得往精神科那邊去了！」

「……又？」馮千靜聽出醫生話裡的語病，「他們第一次來吧，誰曾經有精神病史嗎？」

「啊？不是！是他們很肯定有蟲在腦子裡，問題是你們自己看看X光！」醫生拿著X光片！「上次激動的跟我說一定有蟲的孩子，就已經……唉！」

「上次……」毛穎德有種瞭然於胸的感覺，他明白爲什麼醫生會如此反應了，「您是說元陵翔吧？」

「是啊！這事這麼大……更別說那個曾、曾同學對吧，上次是他陪元陵翔來的啊！」醫生不解的望著他們，「這是怎麼回事？爲什麼會突然有集體妄想？你們有吸毒嗎？還是……」

「沒有！」馮千靜立刻否認，「吸毒我們還到醫院來喔？又不是瘋了……他們很激動的說有蟲啊……」

她望著清晰的X光片，心裡暗叫不好。

「所以跟元陵翔那時的情況，一模一樣嗎？」毛穎德再度探問醫生口風，「堅定的說，有蟲鑽進了耳朵裡？」

「唉，一模一樣啊！」醫生顯得很爲難，「上次也是這個時間，正是我輪值，怎麼忘得了呢！護理師們也都記得元陵翔在這裡歇斯底里的情況，拼命的喊著耳朵裡有蟲啊！」

一模一樣。

毛穎德只想聽得這個答案，仰頭看向醫生旁的X光片，再緩緩與馮千靜交會眼神。

這可眞糟糕，不只沒有蟲，還跟元陵翔的狀況一樣。

換句話說，他們只剩七天。

第四章 尋找

七天，時間壓力原本就逼人，如果是事關死亡的時間壓力就更可怕了！

「為什麼無緣無故都市傳說會找上門？」馮千靜在客廳的地毯上走來走去，「一口氣兩個，你們兩個幹了什麼好事啊？」

蜷坐在沙發上的兩個男生無辜委屈的望著她，他們要是知道為什麼的話，需要在這裡難受嗎？曾治木皺眉看著馮千靜，突然覺得這位「千靜姐姐」跟昨天初見面時完～全～不一樣，她摘下眼鏡，紮起馬尾，而且眼神很銳利，說起話來一點都不客氣，昨天看起來明明是內向型的女生啊！

怎麼一晃眼換個人似的？

「問題是還不能確定是都市傳說……但我毫無頭緒！」毛穎德平靜很多，但看起來也很苦惱，「跟元陵翔的狀況一樣就很糟糕了，不知道該從哪裡下手，我甚至不明白你們招惹了什麼！」

「是、是書架……」曾治木虛弱的回著，「一定是書架。」

「這麼肯定？」馮千靜雙手抱胸挑高了眉，「找錯方向很麻煩的喔，少年郎！」

曾治木怯生生的瞟著馮千靜，這個姊姊現在看起來很嚇人……他手緊握著手機，緩緩遞上前。

在旁的郭岳洋先一步接過。

他們就醫完畢後直接驅車回小木屋，天不過剛亮不久，看見紙條的曾氏夫妻緊張的正要衝出門，就看見孩子回來了；郭岳洋前去解釋目前狀況，除了很糟外就是非常糟，檢查不出所以然，但是曾治木跟夏玄允的痛苦卻是眞的。

爲避免節外生枝，這事情暫時不對外說，也請他們夫妻給大家空間，越多人在，只會讓「患者」越不自在而已。

郭岳洋查看著曾治木的手機，他的螢幕顯示爲校版，那是他們學校的社團，有個匿名叫「都市傳說」的人昨晚發表了一篇：『書架回應了祈求，運作開始。』

「阿翔之前也是這樣，那個人也發了一篇類似的文章，然後阿翔隔天開始就不對勁了。」曾治木抽抽噎噎的說，「現在想起來就會知道，那個人一定跟書架祈求了！」

「這是光明正大的宣告吧？」毛穎德湊近一瞧，「有人視元陵翔、你跟夏玄允爲眼中釘。」

「書架回應祈求，就幫著處理掉嗎？」馮千靜喃喃唸著，「還眞方便，如果是自殺的話就髒不了誰的手，始作俑者完全逍遙……這都市傳說很爛耶！」

「很靈。」夏玄允好不容易開口幫「都市傳說」說話，「這就是傳說啊，有求必應的第十三個書架。」

大家不約而同看向夏玄允，他抱著自己的雙腳，互扣的指節都用力到泛白，可以看得出他在忍耐些什麼。

「很難過嗎？」郭岳洋憂心的問。

夏玄允點點頭，「聽得見……牠們在蠕動的聲音，很可怕又很清楚！」

看著他們蒼白的臉色與發顫的唇，一點都不像是作戲，再熱愛「都市傳說」，夏玄允也不會開這種玩笑；但對照醫院的檢查報告，真的又讓人矛盾迷惘！

「煩！」馮千靜不耐煩的踹了茶几，「現在我們要怎麼辦？」

「先等等吧！」難得郭岳洋還能溫聲，他看向毛穎德，「先把小靜……馮同學帶離一下吧？她太浮躁了！」

唉！毛穎德頷首起身，他們知道馮千靜會浮躁是因爲憤怒，憤怒來自於朋友受到莫名傷害而不知從何幫起。

「我們去弄點吃的吧，一早起來都沒吃！」毛穎德忙著趕緊把她往廚房推，「妳做的東西最好吃了！」

「少來這招……幹嘛幹嘛，眞要把我隔開？」她怒眉一揚，又要動手了。

「不是，這整棟空間都是開放式的，妳怕聽不到嗎？」毛穎德壓低了聲音，由後面伸長手握住她的雙手，「妳急我知道，我們都急，但是凡事還是要按部就班；讓郭岳洋去問，我來幫妳，OK？」

馮千靜緊皺著眉，低啐幾聲，她的確急，看到夏玄允那個模樣豈能不急！她沒有看過夏天慘叫成那樣，那是帶著極度的恐懼與無助，不是劇痛卻也折磨得他死去活來的感覺。

蟲在耳裡鑽，她光用想像的就能明白那份無助，根本是叫天不應、叫地不靈啊！

她忍下那份情緒，打開冰箱看了一下食材，低聲跟毛穎德討論做點簡單的，只怕夏天他們食慾也不會太佳，不需要做太複雜的東西。

一邊動作，一邊豎耳傾聽客廳那兒的動靜。

「我知道很難受，但我們的資訊都在元陵翔身上了。」郭岳洋用力握住曾治木的手，十六歲的高中生，鐵青著一張臉，「我們必須知道他不正常後跟你說過的每件事，或是奇怪的表現。」

「他……他只是變得奇怪，但一開始沒跟我說什麼。」曾治木每個字都虛弱且顫音，有時得嚥口口水才能繼續說，「有一天他突然暈倒，才說他幾天沒睡了，因爲有、有好多條蟲在他腦子裡鑽、在身體裡爬，他還聽見蟲吃他腦子的聲音……」

話及此，身邊的夏玄允臉色更白了……難道他們也會有一樣的情況嗎？

「好多條？他怎麼知道好多條？」郭岳洋速記著，「你們不是說左右耳各一條嗎？」

曾治木哭著搖頭，咬著唇在忍耐，不知道他現在是否又聽見蟲在爬行的聲響，緊握著拳頭掐得死緊。

「不知道……他就是這樣說，然後我陪他去看醫生，醫生說、說……」

「照不出什麼，這個我們知道了，你們的X光片也沒照到什麼東西。」郭岳洋趕緊幫他補充，「然後呢？報導有提到他自殘？」

「他說要把蟲挑、挑出身體，但是卻沒有辦法阻止……」曾治木越說越無力，他也想到了或許這就是數天後自己的情況。

郭岳洋寫著狀況，報導中有提過元陵翔自殺前有過自殘，用刀刺自己的身體，送醫急救；這是所謂的「挑蟲」嗎？這種方法也太血腥了吧！

「如果蟲一直在體內，一直啃噬的話他應該會感覺到痛……有跟你提過嗎？」郭岳洋專注的問著。

曾治木卻搖了搖頭，「他越變越陰沉，幾乎都不說話，突然跟我說快來不及了……」

「來不及？」連夏玄允都打了個寒顫。

「他說、說……毛毛蟲早晚會變蝴蝶的！」曾治木的淚水撲簌簌的掉著，「再隔天他就死了！」

毛毛蟲遲早會變蝴蝶？馮千靜邊洗著菜邊狐疑的聽著，這是什麼理論？她看向毛穎德，他朝她搖搖頭，太跳TONE了，有些跟不上。

郭岳洋一邊安撫受傷恐懼的曾治木，一邊看著紀錄本裡的資訊，還是太少……「阿木，元陵翔都有去上學嗎？從他變得怪怪之後？」

曾治木點點頭，「間斷的，有時候去但是有時候請假，有後來上午去一下就又回家；但在學校時總是心不在焉，身體也很不好，後來還常跌倒！」

既然有去學校，那裡還可以從同學口中問出些大概，一個班級有許多學生，或許其他人會看見曾治木沒見到的部分。

「啊……哇！」

突然間，夏玄允僵直著身子，瞪圓雙眼大喝一聲，接著從沙發上滾下來了！

「夏天！」郭岳洋嚇了一跳，幸好他就在他身前，及時攔住他。

馮千靜跟毛穎德同時放下手裡的東西，從廚房直衝向客廳。

「不要……牠在咬我的腦！我聽見了——」夏玄允劇烈的顫抖，「快點把牠弄出來！洋洋，把牠挖出來吧！」

「啊啊啊——住手！」下一秒，連曾治木都一樣了，他後仰著身子，痛苦的摀起雙耳，「不要不要吃！滾出去！滾出——」

咚！他滾下沙發摔上地毯，在那兒胡亂掙扎著，踢動了茶几，踢歪沙發，不停的哭嚎、尖叫。

面對根本看不見的敵人，馮千靜根本無能爲力。

「這要怎麼辦啊？」她忍無可忍的大吼著，「不能老是看著他們這樣啊！」

「只有他們聽得見的蟲，這我們能怎麼辦？」毛穎德也束手無策，「夏天！你會痛嗎？夏天！」

「不要……牠們在咬我！在咬我……」面對彎身而下的毛穎德，夏玄允一把抓住他，涕泗縱橫，「快點把蟲拿出來，我會被吃掉的，我眞的……哇啊啊啊——」

說不全一句話，他再度雙手緊緊掩耳，在地上打滾。

「馬的！」馮千靜氣忿難耐的尖叫著，她最恨這種狀況啊！什麼事都不能做，叫他們怎麼辦！

「冷靜！我們不冷靜就不能思考了！」郭岳洋突然站了起來，「先把他們放到床上去好了！這裡容易碰撞！」

他一邊說，一邊蹲下身安撫嚎叫中的兩人，其實他們都聽得見，只是腦子裡被啃噬的聲音大到掩蓋一切。

毛穎德聞言立刻拖過曾治木，爲了怕被他們的掙扎打掉，刻意由後架著雙臂，直接拖向下鋪，馮千靜也沒猶豫的上前抓過夏玄允，這時就要慶幸這一個全開放空間的木質地板無高低落差的，拖起來方便很多。

筆直拖到寢區，依序將他們往下鋪塞進去，那裡夠大足夠他們滾來滾去。

「夏天！阿木！你們一定要克服那個聲音，如果不會痛的話……一定要維持清醒！」郭岳洋忙不迭的繼續喊話，「不能讓精神氣力都耗盡，這說不定就是『都市傳說』的用意，讓你們崩潰後，就走上跟元陵翔一樣的路！」

馮千靜暗暗戳了毛穎德，他有沒有看見夏玄允或是曾治木身上有什麼邪氣陰氣的？敏感的他有時候能瞧見一二；遺憾的毛穎德搖搖頭，他什麼都沒看見，只看見兩個爲蟲所苦的男生，而且那個蟲還照不出來。

「走，給他們點空間，他們需要時間適應。」郭岳洋突然變得很有主見，將毛穎德他們兩個往廚房那邊帶，「我們邊吃東西一邊計畫一下。」

毛穎德露出淡淡的笑容，「好！」

眞難得。馮千靜暗自想著，平常郭岳洋總是跟在夏玄允身後，是個既活潑又細心的男孩，「都市傳說社」大小事宜都是他在打點，毫無怨言，只是他很少拿主意作決策，沒想到緊要關頭倒是比誰都有條理。

「他跟夏天才是熟悉都市傳說的人。」毛穎德攪拌著鍋子裡的濃湯，「他應該有他的想法。」

「嗯。」馮千靜雙手抱胸的倚在流理台邊，依然不爽的心浮氣躁。

郭岳洋一個人坐在沙發上，在茶几上拼命的寫東西，可能是在列點，也可能是在收集資料。

「如果找不到原因，一樣得去找第十三個書架對吧？」馮千靜出聲，「跟元陵翔一樣，叫阿木去找第十三個書架求救？」

毛穎德瞥了她一眼，「如果起因就是書架做的呢？」

「那我們還是可以求啊？」她聳了聳肩，「誠心誠意的祈求？」

「我認爲都市傳說不該亂碰。」毛穎德嘆了口氣，「試驗傳說都不會有好事。」

「沒試驗也沒好到哪裡去！」她指了指一點鐘方向的區塊，下舖兩個男生正在力抗腦子裡的蟲。

毛穎德瞇起眼望著蜷起身子的他們，他們醒著、淚流滿面的與蟲抗衡，到底該怎麼去抵抗那種在啃噬腦子的聲音？

「心疼厚？」馮千靜調侃著，看看毛穎德那眉頭深鎖的模樣。

「還鬧！我只是覺得……」毛穎德壓低了聲音，刻意向左湊近馮千靜，「蟲可能是種幻覺。」

馮千靜暗暗瞥了郭岳洋的背影一眼，緩緩的點點頭，代表同意，「因爲不會痛，X光又照不出來。」

毛穎德跟著頷首，「只有他們感受得到的幻覺，但是只要夠眞切，也足以折磨他們。」

「如果這樣去想，說不定能解釋亢陵翔的自殘。」馮千靜邊說，一邊抽起刀架上的水果刀，「想挑出不存在的蟲，所以用刀子傷到了身體？」

「這也只是我們的猜測，說不定眞的有蟲，只是我們看不見——不，是大部分的人看不見。」毛穎德暗示著，他在事發前幾分鐘，明顯的看見了爬滿紗窗的蟲啊！

「都市傳說之蟲嗎？」馮千靜忍不住想拿起手機查了。

客廳那兒的認眞的背影突然直起身子，郭岳洋站起來後回頭看了他們一眼，帶著紀錄本繞出沙發，筆直朝他們走來。

「好香喔，煮什麼呢？」他如往常一般笑著，但笑容裡帶著沉重。

「湯麵，湯裡熬了很多料，方便他們喝！」毛穎德看著趴上台子的他，「你可不必這麼勉強笑的。」

「不行，越是這樣越要記得開心的事。」郭岳洋用力點著頭，「夏天已經這樣了，我們更要堅強才行。」

這簡直是自我催眠吧！馮千靜看著故作堅強的郭岳洋，她早該想到，他們之中最恐懼又最害怕的應該是他吧！

「好，有什麼我們能做的？」跟著他的步調，她精神抖擻的問。

郭岳洋把本子攤在桌上，在他剛剛的紀錄上用紅筆圈出了幾個字：「七天」、「自殘」、「蟲鑽進體內」、「毛毛蟲化成蝴蝶」、「啃噬」、「多蟲」、「精神不濟」等等。

另外在下面列了：「過往割頸案」、「元陵翔的案子」、「第十三個書架」、「同學」、「師長」、「帳號」等等字眼。

「所以是……得從學校下手？」毛穎德飛快的整理著，「過去的案子是指割頭嗎？阿木有提過，還有去查十三個書架的事！」

「嘖，我們沒帶筆電來！」爲了度假，說好不帶電腦來的。

「沒關係，阿姨家有，不然我們也能去圖書館用。」郭岳洋大致都想好了，「我們分頭進行吧，要問其他同學、師長，元陵翔當時反常應該大家都知道；還要找是第十三個書架的傳說，以前過去的案子。」

「那我去問同學好了！」馮千靜自告奮勇，「可是今天假日耶……」

「這容易！先跟阿木要電話！」郭岳洋在紀錄本上寫著工作分配，「那我必須花時間研究一下第十三個書架的所有都市傳說，毛穎德你幫忙查出所有割頭案件……」

「嗯……」意外的，毛穎德有幾分遲疑，「我覺得，我們應該要找一下圖書館吧！」

「咦？你眞的要去拜託第十三個書架嗎？」馮千靜瞪圓了眼，「你剛剛才叫我不要亂碰都市傳說！」

「對啊，不能亂碰，但總是要瞭解一下吧！」毛穎德認眞的看著他們，「如果夏天他們跟元陵翔一樣，我們只有七天，六個午夜很珍貴的！」

喝！郭岳洋震撼般的望著毛穎德，對吧，他們只有七天啊，如果眞的要祈求的話、或是必須瞭解這個都市傳說，首先必須要先找到第十三個書架啊！

如果連那個書架都找不到，其他根本就免談！

「這有地緣關係對吧？」郭岳洋開始在本子上速寫，「午夜十二點、鐘聲、第十三個書架……」

「鐘聲？」馮千靜有疑問，「是學校的鐘聲？還是時鐘的那種？」

「時鐘！」郭岳洋肯定的說著，「因爲條件是在十二個鐘聲敲完前……啊啊，所以這個圖書館的時鐘一定要是會敲鐘的那種！」

「這樣範圍應該縮小不少吧！現在有多少人會用敲鐘的？」馮千靜對這個結果感覺很滿意。

「……不見得。」毛穎德搖了搖頭，「我們不知道是哪個學校的圖書館——妳知道全國有多少個學校嗎？」

呃……馮千靜愕然的望著毛穎德，「全國？全國？這範圍未免太大了吧，我們不能再找條件出來縮小嗎？這不是有針對性的嗎？我們可以從地緣、從人際關係……」

「小靜，重點不是在針對性，重點是——那是個都市傳說。」郭岳洋溫和的打斷她的提議，「都市傳說存在在那兒，是人們去找、去試探、去撞上的。」換句話說，第十三個書架一直都在，跟紅衣小女孩一樣，原本就存在的都市傳說，是人們去尋找的。

跟地緣或是針對性沒有關係，因爲有所求的人，將不遠千里而至。

「這……這太扯了！」馮千靜簡直不敢相信，「照你這樣說，萬一這書架離我們很遠那該怎麼辦？」

「先找到再說吧！」郭岳洋倒是很能克制情緒，「我想等找到線索後，就能很快的找到大概的地點……先吃飯，吃飽了才有力氣做這些事！」

嗯！對！馮千靜立刻接手鍋裡的東西，不吃飽哪來的氣力對付什麼都市傳說呢！她不安的望著在床上掙扎的夥伴，握著湯匙的手便掐得更緊。

「會沒事的……」郭岳洋幽幽的說著，回頭望著下舖，「經歷了這樣多，一定會沒事的！」

「那當然！」馮千靜肯定的揚聲，「我的字典裡可沒有失敗這兩個字！」

郭岳洋聞言，雙眼立刻閃閃發光的望向她——就是這句話！他泛出有點詭異的笑容，雙手交扣的用力點頭！

他的偶像說出來的話，是那麼的中氣十足又有力啊！

「對！我們一定能找到破解法的！」一瞬間，他的聲音截然不同。

「沒錯！」馮千靜隻手握拳，她才不打會輸的仗！

唉！在旁的毛穎德暗自挑挑眉，有這種鬥志也好啦，至少不會是挨打的份。

他不是希望夏天出事，而是這次這個傳說，實在太難搞了，第十三個書架……是要去哪裡找啊？

「絕對是李維杰！」

女孩隻手叉腰，說得斬釘截鐵，鼻尖都快貼上馮千靜的鼻尖。

「那個……妳可以遠一點說話嗎？」馮千靜嚥了口口水，她剛剛差點一腳把她給踹出去，誰叫她突然衝過來。

毛穎德默默的把洪渝靖拉開，這女生也是激動派的。

郭岳洋直接用曾治木的群組，把他的好友叫出來，結果其實也沒幾個人，那天看過的洪渝靖、柳丁而已，四人群組裡很辛酸的還有元陵翔的名字存在。

毛穎德跟馮千靜一塊出發，才問起元陵翔的事，洪渝靖突然就認定是李維杰殺了他！

「為什麼這麼認為？」毛穎德好奇的問，「我記得他是自殺。」

「阿翔不是會自殺的人！」洪渝靖說的話跟曾治木一模一樣，「阿木沒跟你們說嗎，那個他……」

「洪渝靖！」柳丁突然一斥，像是在警告她不要多話。

洪渝靖立刻收聲，轉了轉眼珠子。

「是說蟲的事嗎？」馮千靜開門見山，好讓他們明白其實他們也知道了不少。

果不其然，柳丁雙眼帶著詫異掃向他們兩個，朝洪渝靖附耳低語幾句像是在討論，眼珠子不停的瞅向他們。

「阿木說了？」柳丁蹙眉，「果然跟你們很好啊……那你們信嗎？」

「信，不信就不會來找你們了。」毛穎德說話強而有力，「別忘了我們是都市傳說社。」

嗚，馮千靜一瞬間有點心虛，她之前一直很不信這套的啊，毛穎德自己還不是一天到晚反對都市傳說，這會兒可以說得這麼有力道真厲害！

「你們還知道多少？」馮千靜懶得速記，她直接用手機錄音，「我們知道他變得詭異到自殺是一週的時間，這一週的狀況你們有辦法分天說嗎？」
柳丁蹙眉，大喇喇的站起，「問阿木不就得了，他比誰都清楚啊！」
「啊他就……」馮千靜原想出口的話，被毛穎德給擋下了！
「他會有盲點，我們當然也聽他說過了，但還是要從別人身上問，你們見到的或許不同。」毛穎德從容的扭了話，「自殘、有蟲在體內、精神很差外，還有什麼特別的？」
洪渝靖很快的回憶著，伸手往脖子上摸，「他越來越怪，自殺前幾天，一直這樣按著脖子。」
她右手按著右邊頸子，掌心剛好包住轉角的地方。
「就只有按著嗎？有沒有做什麼動作？」毛穎德跟著模仿，這樣子按……可以感受到動脈的跳動啊！
「只有按著，可是很輕……你太用力了！皮膚都沒有被壓下去喔！」洪渝靖上前掰鬆毛穎德的掌心，「輕輕的碰著，可是又一直壓著不鬆手，頭也會跟著向左倒，好讓右手能握的面積更大。」
「而且那幾天他走路也都會向左歪，踉踉蹌蹌的還常跌倒。」柳丁回想起那段時間就顯得悲傷，「要扶他就會抓狂，不許任何人碰他……簡單來說，元陵翔幾天內就變了一個人。」

好詭異的狀況，壓著頸子是怕被割？還是在想要怎麼割？馮千靜自己也在比劃著，為什麼這麼在意頸動脈？

「如果他眞的覺得頭裡有蟲，情緒的崩潰不難理解！」馮千靜光想著夏玄允的模樣就難過，「他還有什麼異狀嗎？」

「這是眞的嗎？阿木一直在說都市傳說的事，我跟渝靖都是半信半疑。」柳丁擰著眉問，「一來這太離奇，二來我們也不希望阿木走不出悲傷！可是你們現在突然出現，認為阿翔眞的可能是被人利用傳說給……」

「可能性很大，你們潛意識裡也覺得他不可能自殺不是嗎？」毛穎德睿智的眸子瞟向柳丁。

「唉，是啊！阿翔後來不吃也不睡，而且總是在發抖，或是用手敲頭！」柳丁用掌心往耳上的頭敲下去，「會這樣一直拍一直拍，歇斯底里似的……應該說他某天開始就變成歇斯底里的狀態，任何時候都呈現詭異的感覺。」

「那時班上都覺得他瘋了，老師也訓斥過他，但是阿翔好像聽不進去，只有更嚴重。」洪渝靖細細回憶著，「我們那時超擔心他的，逼問下他才說什麼腦子裡的蟲在叫、在爬、在吃他的腦，他簡直快要抓狂！」

「我知道，阿木陪他去看醫生，但沒有結果——」毛穎德頓了兩秒，「你們也認爲妄想症嗎？」

洪渝靖跟柳丁同時斂了臉色，有些難爲情，看來他們的確曾經有這樣想過。這無可厚非，因爲一般來說，人們會比較相信醫學檢驗，也會進而認爲元陵翔會有精神上的疾病。

「照出來沒有啊，你們不知道阿翔知道後多歇斯底里，那眞的很可怕，他在醫院裡抓狂耶！」洪渝靖顯得很無奈，「他又踹牆又大吼大叫，還差點打醫生，要醫生快點把蟲給抓出來……搞到差點報警。」

「有報警嗎？」馮千靜緊張的暗自握拳，她完全能想像那種無助。

「沒有，後來警衛架住他，我們上前拉開，結果醫院人員趁機打了鎭定劑，直接送到精神科去了！」洪渝靖揉揉雙眼，「那天我們待到很晚，一直等他醒來，可是醒來的阿翔又變得很正常，只掛著黑眼圈說抱歉連累我們，大家就陪他回去了。」

「這是什麼時候的事？自殺前幾天？」

「這是他一開始變奇怪的時候……」柳丁沉下眼色，「那時其實我們都不信他，如果我們能多再留心一點，或許悲劇不會發生——但是誰也沒料到他會自殺啊！」

「所以阿木才說他不是自殺！」洪渝靖義憤塡膺的低嚷，「如果都市傳說是眞的，那去求的人一定是李維杰！」

話題回到從頭，馮千靜不由得與毛穎德交換眼神，又是李維杰。

「對，妳還沒說，爲什麼這麼肯定是李維杰？」毛穎德挑了挑眉，「他們有私仇？」

「沒，不同班，但是李維杰表現得很明顯啊！他之前就是討厭阿翔，因爲阿翔搶走他的風采、他的第一！」洪渝靖提起李維杰就一臉不屑，「之前都是他第一名，阿翔期中轉來後就不一樣了，李維杰還明白表示過他討厭阿翔擋在他前面！」

「就爲了……名次？」馮千靜覺得離譜。

「李維杰一直很重視成績，他之前都是第一名，所以看阿翔很不順眼，這個眾所皆知。」柳丁很無奈，「啊阿翔就很聰明有什麼辦法！但是如果說是李維杰去找書架……」

「除了他還有誰！」洪渝靖倏地轉過去瞪柳丁，「我那時不是跟你說過，學校傳出阿翔自殺的時候，他笑了耶！我看見了！」

「笑了？」馮千靜微挑了眉，「也是不意外啦！」

「哼！消息傳來時我跟柳丁剛好在福利社買早餐，李維杰也在，我發誓我看見他露出欣喜的笑容！」洪渝靖誇張的把嘴角撐開，「笑這麼滿耶！」

「對對，妳當時還直接衝上去找他理論。」柳丁也記得很清楚，「問題是李維杰死不承認，這種事沒拍到都不算。」

「信我還信他啊？柳丁！」洪渝靖怒不可遏。

「信妳！連這個大姐都說李維杰笑不意外了，大家都知道他討厭阿翔啊！」柳丁擺擺手，「但是說眞的啦，眞的要扯都市傳說就太奇怪了……」

「哼！就是這樣才嘔！」洪渝靖嘶起嘴，一臉不爽，「有種被逍遙法外的感覺。」

毛穎德很喜歡這種同學愛，但是也有些不甚理智，「容我提醒一下，我們還沒確認元陵翔跟都市傳說有關。」

「絕對有關！」洪渝靖再一發斬釘截鐵。

馮千靜忍不住笑了，這女生眞的挺可愛的，以後如果考上他們學校，可以考慮進「都市傳說社」。

「因爲有些巧合啦！」柳丁補充解釋，也已經滑起手機了，「你們知道第十三個書架有網站嗎？」

毛穎德一時還沒聽清楚，「嗄？」

「午夜祈求。」柳丁邊說，一邊將手機出示給他們看，「這個網站專門登錄一些跟書架祈求成功的事，祈求到的人會發文、開始運作時會發文、願望成功時也會發文。」

毛穎德跟馮千靜忍不住互看一眼，接著火速拿出自己的手機搜尋，關鍵字居然不是用第十三個書架，不知道算隱藏得好還是卑劣！但是「都市傳說」有官網眞是太屌了！

滑進裡頭，果然發文非常簡單，分類只有：祈求成功、開始進行、完成願望以及感激，發文者謹守分類，除了感謝語外其他分類都沒有廢話；祈求成功那邊多半都是發「我終於成功了」、「我找到書架了」、「我得到方法了」之類數句而已。

開始進行那天也像是個紀錄，用詞更少，都只有「今天開始」這些簡單的字眼，沒有人提及任何方法、進行時間與過程。

完成願望那邊就激動些，「成功！」、「完成了！」、「書架眞的太棒了！」、「這是我遇過最棒的都市傳說！」

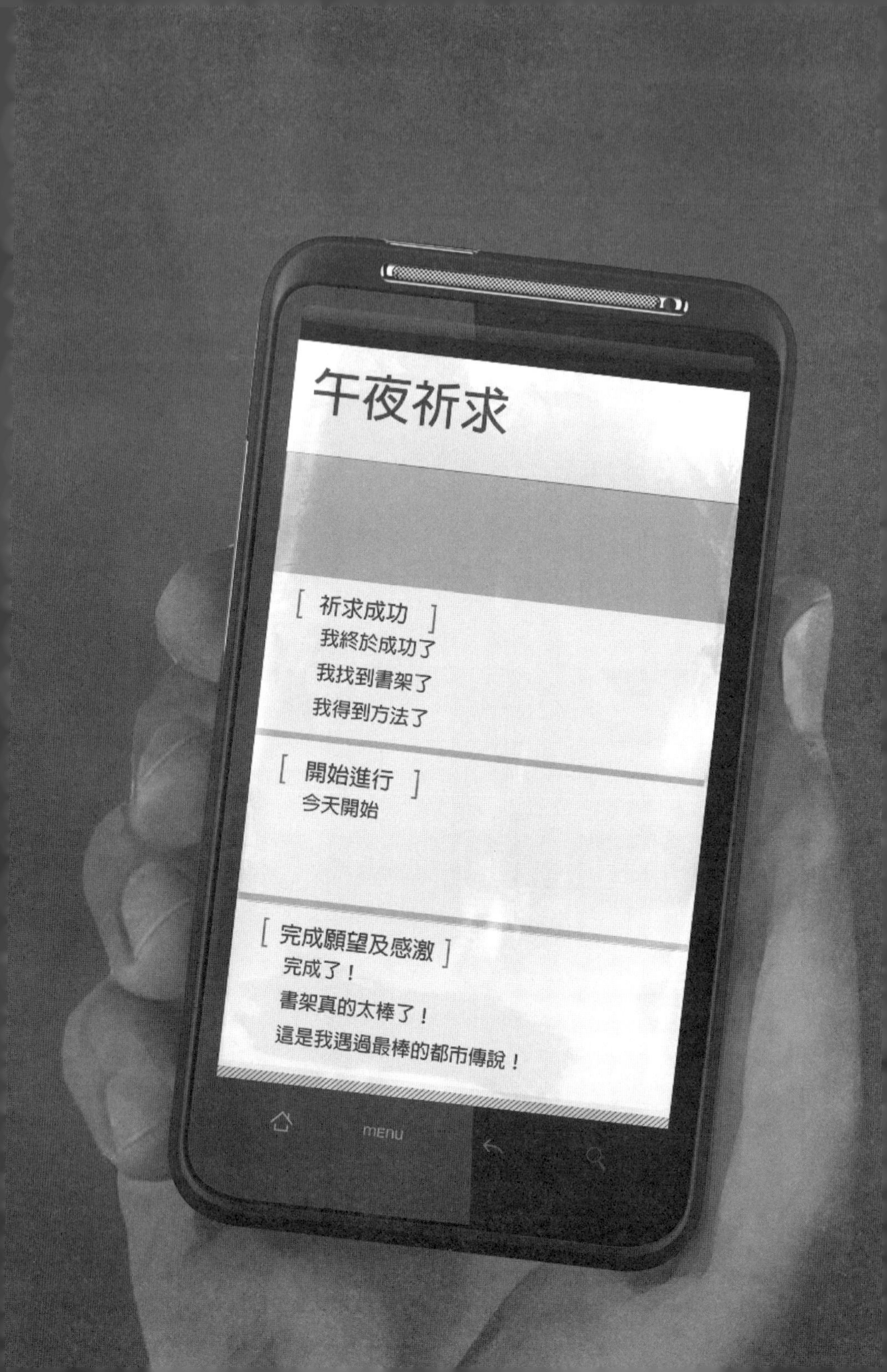
午夜祈求
[祈求成功]
我終於成功了
我找到書架了
我得到方法了
[開始進行]
今天開始
[完成願望及感激]
完成了！
書架真的太棒了！
這是我遇過最棒的都市傳說！
menu

哼……馮千靜忍不住冷笑，最好她有一天也能說出這種話：我遇過最棒的都市傳說？都市傳說哪裡有很棒的啊！鬼扯淡！

「這個網站太厲害了，你們怎樣找到的？」毛穎德訝異的問著柳丁他們。

「校板啊，就有個人暱稱就是都市傳說，他之前就預告了有人找到第十三個書架，學校會有變化了，也是他轉貼這個網站的！」洪渝靖顯得很不耐煩，「貼這種東西擺明就像是宣傳，好像叫大家都去找書架似的！」

「是啊……」毛穎德邊滑著邊喃喃唸著，「讓大家都覺得會成功，可以寄託，所以這個都市傳說像是正面的？那怎麼沒提書架在哪？」

「要找啊！」柳丁嘆了口氣，「阿木也去找過，但只找兩次就被罵了，畢竟半夜人還在外頭，也不是每間圖書館都能通融。」

「真不乾脆，有本事不乾脆都寫出來？」馮千靜單純厭煩還要再花時間尋找。「看來我們也要找李維杰談談了。」

「最好他會願意跟我們談。」毛穎德不抱樂觀態度。

柳丁跟洪渝靖繼續說了一些瑣事，多半都是元陵翔瞬間變成另一個人的感覺，無論如何都很難相信那樣健康開朗的人，會突然瘋狂、甚至走入自殺一途。

但是他們卻很明白，有一隻蟲在你耳朵裡爬行鑽洞，別說七天了，七分鐘都會瘋掉！

「說眞的，我覺得阿翔的情況……很像中邪。」柳丁良久，冒出這麼一句，「事情發生得太快，我們還不知道原因，他就自殺了……連自殺都讓我覺得太快，再有事情也不太會如此快速。」

「中邪嗎？」馮千靜下意識瞄了毛穎德一眼。

如果是中邪，說不定叫毛穎德去他家可以看出什麼。

「總之謝謝了，如果有想到什麼特別的，請記得再跟我們說！」毛穎德禮貌的道謝，也已經跟他們倆交換手機號碼跟LINE。

「沒問題！」洪渝靖用力點頭，「我也希望水落石出……雖然晚了，但總比什麼都不知道好！」

晚了……唉，他們不知道這是現在進行式啊！

他們另一個同學，正遭受著一模一樣的痛苦哪！

「怎樣？要不要去元陵翔家一趟？」跟柳丁他們一分手，馮千靜立刻提出建議。

「我記得跟妳說過，我的體質只是稍微敏感，不能除靈，也不是靈異體質……」毛穎德卻突然想起昨天晚上在小徑上的身影。

「不去看看怎麼知道！」

「必要時我願意去，但現在首先要做的，應該先去把符合條件的圖書館找出來。」毛穎德搖搖手機，「還有剛剛那個網站，我總覺得可以統整出什麼。」

「也對……午夜很珍貴的。」馮千靜咬著唇，「說也奇怪，那些祈求的人怎麼有辦法半夜進入圖書館？不是早關了嗎？」

「要潛伏多的是辦法，回去問問阿木，他不是求過嗎？」毛穎德仍舊望著手機，「今天晚上得先挑一個試試……」

「好，你去找圖書館，我去找李維杰。」馮千靜突然自動分配任務，「電話聯繫，不要邊走路邊看手機，掰！」

毛穎德根本來不及說什麼，只能看見馮千靜的背影……這種即知即行的個性其實還不錯啦！

忍不住搔了搔頭，這個「都市傳說」實在搞毛他們了！唉！

第五章 午夜祈求

阿姨他們曾想把他們帶出去就醫，但是他們根本出不了門，蟲似乎有所感應似的，只要一提到看醫生、或是想辦法用燈光往耳道中探照蟲，蟲就會開始在裡頭啃噬組織，逼得夏天他們抓狂。

郭岳洋待在那裡無用武之地，所以一接到毛穎德電話說晚上先挑間圖書館試驗後，他便毫不猶豫的出來，到圖書館他說不定能找到更多資料。

截至目前爲止，郭岳洋展現了驚人的統整能力，他在這數個小時內，已經統整出了不少新聞資料，還有附近發生過的割頸自殺案對照表。

郭岳洋利用圖書館還開著時印下了報導，至少有四起，離元陵翔最近的是兩年前，也是高中生，狀況幾乎一樣，就是正常學生突然瘋狂、自殘，接著割頸自殺。

範圍都在區內，所以他們決定先鎖定這最大的圖書館。

空氣中散發著淡淡檀香味，這圖書館裡的書架竟是用檀木製造，質感份量十足；馮千靜緊張的走著，默默數著十三，站在了某個書架旁，仰頭一看上頭寫著這排書架的分類是哲學類。

「這個是第十三個書架。」她用氣音說著。

往左邊看過去，下一個走道上站著毛穎德，「我這也是第十三個。」

遠遠的，郭岳洋站在再下一個走道，「第十三個……」

他們三個面面相覷，我的天哪！這個圖書館裡書架不但不只十三個，而且大到誇張，根本每一排都有第十三個書架啊！

「這怎麼辦？哪個才是都市傳說？」三個人急速會合，「每一排都有第十三個書架，但是十二點只有一次啊！」

「我也不知道，我沒想過這個圖書館這麼大！」毛穎德顯得有點慌張，「我只知道它的鐘也是會響的那種，符合都市傳說的條件……郭岳洋！」

郭岳洋緊鎖眉頭，眼神裡透露驚慌，看起來他也摸不著頭緒，「我、我不知道該挑哪一個啊！」

「那個網站有什麼線索嗎？」馮千靜急忙問著，郭岳洋申請了一個帳號，直接進入「午夜祈求」的網站了。「你下午不是發問了？」

「沒有人回我！他們不會透露任何細節！只有人私我說要仔細去找，這麼重要的傳說，豈能讓普通人輕易找到！」

「耍什麼酷啊！」馮千靜無力的唸著，「那我們該怎麼辦？隨便挑一個嗎？」

三個人根本不知道該如何是好，還剩下一點點時間，他們決定去看每一個書架，從上面分類的書籍中，挑一個最符合「都市傳說」的！

所幸他們有三個人，至少多了幾次機會。

「十二點到的話，就要求嗎？」馮千靜低聲問著。

「先求再說吧！不然我們根本不知道該怎麼救夏天！」郭岳洋認眞的點點頭。

馮千靜立刻看向毛穎德，「這樣親自就試驗都市傳說……好嗎？」

毛穎德果然不發一語，他從不認爲輕易觸碰「都市傳說」是件好事，一直以來已經有太多例子證實傳說之所以是傳說，就讓它繼續流傳就好……

想想嘗試玩一人捉迷藏的人們，最後是怎樣的下場？

想想撞見紅衣小女孩的人呢？現在又如何？

「第十三個書架」是如此陌生的傳說，祈求方法簡單得很，但是沒有人知道後果會是什麼。

「毛毛，這是目前唯一能幫夏天他們的辦法！」郭岳洋看出毛穎德的遲疑，「否則我眞的不知道該怎麼破解這個傳說啊！」

「我只怕求了會更糟。」毛穎德凝重的看著他，「畢竟我們對這個傳說一無所知。」

「算了，至少我們有三個人對吧？」馮千靜比著他們兩位，「如果眞的中了還有兩個是安全的，就表示還有機會！」

毛穎德翻了個白眼，「那萬一求到的人有後遺症，下一個得再求書架救援嗎？這樣下去不搞到全軍覆沒？」

「才不會咧！幹嘛這麼悲觀！」馮千靜不耐的揮揮手，「萬一眞的求到了，我們可以觀察啊，過去這麼多事不都戰勝了！現在怕區區一個書架？」

咳……區區？毛穎德跟郭岳洋很爲難的看著她，有時眞的很佩服她那種勇往直前、只求勝利絕不允許失敗的個性，不知道該說是樂觀呢？還是戰鬥力旺盛？

這哪是區區一個書架啊！這可是毫無邏輯可言的都市傳說啊！

「五十八分了，快點！」郭岳洋留意著時間，三個人交換眼神，用力頷首，分別朝剛剛選定的書架而去。

由於方法中言明要孤身一人，所以他們完全錯開，至少視線範圍內不會有他人，馮千靜挑定的書架是玄怪書籍區，也是第十三個，走到最左邊下面蹲下，其實她內心盈滿忿怒，如果眞的是這個書架，她只想把書架給拆了、再燒掉，讓這種都市傳說不會再害人！

但是，想到夏天那種歇斯底里的哀鳴，她全身都會竄起雞皮疙瘩，想像著耳朵裡有蟲在啃噬自己的腦，就會作噁……她不希望夏天再繼續這樣下去，所以她願意忍下忿怒，專心祈求。

郭岳洋挑定的第十三個書架剛好是風俗類，他靜靜跪在左邊角落，不管代價是什麼，他只希望減緩夏天的痛苦，爭取一些時間；這個傳說對他們來講不僅陌生，單就狀況而言，殺傷力也很驚人。

毛穎德挑了個跟風俗玄學毫不相關的書架，他倒不是想反其道而行，他只是覺得靠近這區書架時，會有汗毛直豎的感覺。

蹲下，聽著靜寂的圖書館裡那大型鐘的秒針行走著，噠噠噠噠噠……噹——第一聲鐘聲響起。

三個人在分別認眞的祈求著，鼻間聞著該是令人靜心的檀香，但無論如何根本靜不下來：請協助我解救夏玄允與曾治木，請協助我解救夏玄允與曾治木，請讓他們停止痛苦從詛咒中解救出來，請……

一股惡寒襲上，打斷了毛穎德的祈求。

他無法克制的打了個寒顫，一股龐大的壓力自後方襲來，他望著自己交疊的手臂，不僅汗毛直立，連雞皮疙瘩都顆顆站起……他感覺到，有什麼正在看著他。

隔著一層又一層的書架，有東西在黑暗中潛伏。

他沒辦法專心祈求，耳邊響著沉重的鐘聲，他瞪直雙眼往眼前的書架看，這種壓力逼得他幾乎喘不過氣來，但是他知道……必須要回頭！

眼尾朝著左邊的地上掃過，他看見一抹影子掠過，他緩緩撐著書架站起身，仔細聽著，這空中除了鐘聲外，還有一些其他的聲響，沙啦沙啦……還有人的碎語聲。

不敢貿然回頭，他採取迂迴的做法，走出所待的書架外，越過下個走道，進入下一排書架區，再往後繞去，雖然繞個圈但也算是往回走了，卻不至於直接面對在身後的壓力。

筆直走在走道上往左手邊看，雖然中間多隔了一列書架，但依然可以清晰的瞧見他剛剛所在的書架後方……他說不上來這種詭異感是什麼，紅色的地毯上有著細微移動的影子。

細瑣的黑色結晶體，正沙喀沙喀滾動著……黑色結晶？毛穎德倏地愣在原地，這不是當初玩一人捉迷藏時看過的東西嗎！那是一種詭異而龐大的邪氣，不屬於魍魎鬼魅，屬於另一種邪惡的——

『我希望……』

倏地有人的聲音自反方向響起，那是男孩的聲音卻不屬於郭岳洋的！因爲郭岳洋在另外一區！毛穎德瞬而回首，聽不清楚對方在說什麼，只有氣音，只聽見清楚的我希望，他加快腳步的回身追上，難道圖書館裡還有另一個人在？

『我希望我希望我希望……』

走沒兩步，這祈求的聲音突然從四面八方傳來，逼得毛穎德軋然止步，他有種耳鳴的錯覺，空中盈滿著希望的話語，就在他身邊、他身後、他前面、甚至是貼著他的耳畔說著——跟那天晚上，他在窗子邊聽見的窸窣聲一模一樣！環繞音響！

那是——有人進行午夜祈求的聲音？

毛穎德摀著雙耳，忍不住蹲下了地，他感覺聲音在腦子裡迴盪著難受，咬著牙抬首，從書的縫隙間一路往前，瞥見了某個隱約的身影。

有個人，蹲在那兒祈禱著。

他吃力站起，逼自己不在乎龐大的耳語聲，踉蹌的扶著書架一路往前，想要看清楚那個人是——

黑色的書架陡然在眼前，背對著他的人影閃爍著黑色晶體的光芒，他瞠然的站在原地，看著那個人緩緩的轉過頭來……沒有眼睛沒有鼻子沒有五官，光滑的

CORRECTIONS

臉望著他，然後從他的耳朵裡，鑽出了無以計數的蟲！

你是誰?!

「毛穎德！」一隻大手，按上了他的肩。

「哇——」毛穎德嚇得大叫，往前一撲直接咚的撞上了書架，「啊——」

那隻手飛快的摀住他的嘴，「噓——你叫這麼大聲要死喔！」

毛穎德被人由後架著，一隻手摀著他的嘴，他的眼前是擔憂的郭岳洋，正擔憂的望著他……那架著他的人，唉，不由分說，是馮千靜了。

「你怎麼了？」郭岳洋皺起眉，「你祈求完了嗎？」

毛穎德掰開壓著嘴的手，「好啦，我沒事了……放開我！」馮千靜的力氣真的很大。

馮千靜勉強鬆手，鐘聲響完他們什麼也沒得到，一點兒變化也沒有，氣音叫喚著毛穎德卻沒得到回應，好不容易找到他時，他依然單膝跪地的在書架前，但一點都不像在祈禱——他在睡覺！

「你是有沒有祈禱啊？」馮千靜蹲下身，不懷好意的瞅著他，「你好像睡著了耶！」

「……我沒事！」他蒼白的臉色，說著毫無說服力的話，「祈求無效。」

因爲他中斷了，但他沒說。

「這麼多個，就算一個個試，也不只七天……」郭岳洋顯得有點難過，「我們還是要趕快精準的找到那個第十三個書架。」

毛穎德同意的點點頭，緩緩站起身，他仍然在原地，那剛剛他瞧見了什麼？指間泛著冰冷，告訴他剛剛的一切不該是夢，他沒有累到會瞬間睡著，一定是感應到了什麼。

馮千靜觀察著他，總覺得他好像隱藏著什麼祕密似的，三個人先小心翼翼的回到閱覽室的桌下去，很遺憾的，他們必須暫時躲到天亮才能出去。

「你覺得去問之前自殺的家屬有沒有幫助？」郭岳洋望著過往新聞，「之前我們也是這樣找到線索的。」

「沒有這麼多時間，而且我覺得找到的東西大同小異。」毛穎德中肯的回應，「像柳丁說的，一個人彷彿中邪般變得詭異，歷經自殘，最後自殺。」

「夏天他們接下來也會自殘嗎？」馮千靜擰著眉問，「回去把他們綁起來好了！」

「他們已經夠可憐了……其實把一隻蟲擺在誰耳朵裡，每個人都會跟中邪一樣吧？」郭岳洋嘆了口氣，「我眞佩服元陵翔後來爲什麼還能繼續上學？有隻蟲在耳朵裡旁，連你們看曾治木連吃飯都吃不下了！」

「對啊……照理說不可能啊！」毛穎德也覺得這點奇怪，「如果蟲持續啃噬或是發出聲音，不可能正常生活的……不過聽洪渝靖他們說，元陵翔後期沒有再提過蟲在腦子裡的事。」

「啊啊……是因爲改到身上爬了嗎？」馮千靜轉著眼珠子，「不然元陵翔拿刀割身體做什麼？」

「馮千靜，」毛穎德忽然望著她，「妳眞的覺得他們耳朵裡有蟲嗎？」

剛剛那黑色結晶人耳朵裡漫出來無數的蟲，毛穎德想到就覺得反胃。

馮千靜咬了咬唇，深呼吸一口氣，堅定的搖頭，「我相信X光照出來的片子，沒有蟲……但是夏天他們相信自己聽見的、看見的，有蟲在他們身體裡。」

「我也認爲沒有，一直都不該有……」郭岳洋有些語重心長，「但是夏天他們聽得見感覺得到才是重要的，想想他那種瘋狂的痛苦……」

「我也覺得是幻覺，或是只有他們才感受得到。」毛穎德仔細思考著，「如果說，有人向第十三個書架祈求的目標是夏天他們的話——那關鍵就在於第十三個書架回應的指示。」

「這樣說不定還是回到咒術！」郭岳洋立刻拿起本子看著，「我統整過，午夜祈求網站上每個求到的人都說，得到了一本解決方法的書！」

「書？眞符合圖書館啊！好，假設是一本咒語書什麼的好了，反正祈求人會照著書做，跟食譜一樣——那麼是誰想要讓夏天跟曾治木瘋狂？」毛穎德幾乎把這結論歸在詛咒上了。

「誰？」馮千靜聳了聳肩，「我哪知道誰！啊你是想問李維杰嗎？他根本沒回答我啊，而且很囂張的說就算是他做的，法律上也不必承擔責任！」

「這麼囂張？洪渝靖倒是很斬釘截鐵的說是他。」毛穎德嘆著氣。

「我也覺得跟他脫不了關係。」馮千靜接口接得順當，「我們應該專注在他身上才對。」

這話說得兩個男生莫名其妙，郭岳洋不解的望著她，「妳又不認識李維杰，不能從他的態度就認定他吧？專注在某個人身上會讓我們錯失其他線索的。」

「對啊，妳不能因爲他幸災樂禍就認定他是關鍵人物！」毛穎德深表同意，「洪渝靖會認定他，至少還有個理由是因爲元陵翔擋了他的路，但妳……」

「喂，我可不是亂猜的。」馮千靜不悅的瞪著他們兩個，「我依憑的是敵意！」

敵意，毛穎德挑高了眉，多麼抽象的名詞啊！

「敵意？」郭岳洋果然完全搞不懂。

「我們昨天去他們學校時，我就注意到他了，李維杰看著曾治木或是我們時，那雙眼睛充滿敵意！」馮千靜清楚的解釋著，「不是討厭、不是質疑，就是那種把我們視為敵人的態度！」

「噢……」毛穎德還是很難理解，「妳怎麼能清楚分辨敵意跟討厭？說不定只是高中生之間的紛爭，他就是討厭阿木，討厭夏天去那邊炫耀，或是……」

「毛穎德！」馮千靜沒好氣的打斷他的話，「你認為一個在擂台上度過大半輩子的人，會分不清楚敵人嗎？」

是的，這個現在看起來邋遢、頂著一頭獅子頭亂髮、刻意穿著寬鬆外套遮掩一切的馮千靜，事實上是女子格鬥大賽的冠軍！

依照她的輝煌紀錄，她的確在擂台上度過大半日子，雖不是你死我活的比賽，但是在格鬥時，總是必須帶著強大的氣勢與敵意，將敵手壓制在地！

這樣的格鬥家，該比誰都能體會敵意啊！

「對！」郭岳洋原就是女子格鬥迷，初認識時也是他認出馮千靜的偽裝，「妳一定明白那種感覺！所以李維杰透露出強烈敵意嗎？」

「沒錯，就像站在擂台另一端的對手，望著我時的感覺一樣。」馮千靜食指點點眼神，「該怎麼說呢，啊對！就是那種我一定要打倒你的感覺！」

打敗……毛穎德暗暗抽了口氣，「阿木這次突然考到第一對吧？爲了完成阿翔的約定！」

「嗯？所以呢？」馮千靜不懂。

「記得洪渝靖說的嗎？原本的第一是李維杰，阿翔轉學過來後變成他，在以李維杰爲嫌疑者的前提下，如果元陵翔不在了，第一自然會屬於他——」

「但是阿木莫名其妙考上了第一，又卡在他前面了！」郭岳洋錯愕的接口，「所以他想打敗阿木！」

等等等等……馮千靜實在無法接受，「你知道你們在談的不過是……高中生的考試嗎？這麼小的事情，會動用到都市傳說嗎？還出了人命？」

唉，郭岳洋無力的望著馮千靜，「妳的重心都在鍛練，妳不懂一般的高中生……妳知道高中生的全部就是什麼嗎？」

「什麼？」馮千靜一怔，她還眞的不知道，高中她的確都在忙著鍛練跟參加比賽啊！

郭岳洋跟毛穎德簡直是異口同聲，「就是考試啊！」

除此之外，還有什麼更重要的呢？

不要說他們眼界狹小，這已經是他們的全世界了！

馮千靜瞠目結舌，這的確跟她認爲的世界不同，但轉念一想，她的全世界就是格鬥，想當初有人擋在她前面的時候……她何嘗不是加緊練習鍛鍊，站在擂台上時，也是有著非把對方撂倒的決心。

那是一種求勝心，但是一旦過頭，或許也能轉化成一種殺意。

「好！現在假設是李維杰的話，我們能得到什麼？」毛穎德在一張白紙上寫下他的名字，「有辦法知道他最近去過哪裡嗎？哪間圖書館？」

郭岳洋跟馮千靜不約而同的搖搖頭，「就算知道他也不會說吧！」

「那從網站中下手，可不可以拜託之前認識的警察幫我們查ＩＰ？」郭岳洋腦筋倒動得快，「說不定能找到符合的……」

「警察哪會鳥你啊！」馮千靜沒好氣的說著，不過她好像是可以拜託一下試試？

有熟識的警察叔叔可以問問嘛！

「這樣子剩下什麼？」郭岳洋喃喃做著筆記，「我們只剩割喉自殺案的分佈區塊、還有圖書館的位子了……」

毛穎德望著收集到的資訊沉吟著，「圖書館無論如何得再找，第十三個書架依然是救命稻草，至於其他這些自殺案……既然找不到線索，死馬當活馬醫還是去問問好了！」

「先去元陵翔那邊吧！」馮千靜居然沒忘記這件事，暗示鼓吹著毛穎德，「去看一下，就近嘛！這不就我們身邊最可靠的線索！」

再說吧！毛穎德一點都不想給正面回應，非到不得已，他沒興趣前往元陵翔自殺之處。

不過，他總會忍不住想起，那晚站在小徑上的人是誰呢？

第六章 蠕動的蟲

男孩用雙手盛起水，直接往臉上潑去，冰冷的水能幫助人醒腦，男孩索性把臉整個浸到臉盆裡去，好一會兒才起來。

看鏡子裡眼窩凹陷、黑眼圈甚重的人，夏玄允眞不敢相信自己變成這個樣子。

不知道從什麼時候開始，蟲好像停止爬行了，也不再有啃噬他腦子的聲音，夏玄允微顫著身子，那聲音逼得他發狂，他簡直無法再忍受蟲在他頭裡鑽了！聽見牠的咀嚼聲，恐懼著不知道牠究竟在吃他身體的哪部分！

陡然驚醒發現天已亮，但是郭岳洋他們三個都還沒回來，阿姨、姨丈睡在一旁看起來都累壞了……他自己也虛脫得很。

事發至今已經兩天，他到現在都沒有忘記蟲鑽進耳朵裡的感覺，想起來他身體就會忍不住發抖，爲什麼要針對他們？他連靜下來好好思考都沒辦法，第十三個書架……這個都市傳說究竟是什麼？

頹然的回身，見著另一個同樣憔悴的臉龐。

「哥……」曾治木哭喪著臉，看上去也很虛弱。

「沒事了嗎？」夏玄允問著，「還聽得見嗎？」

曾治木搖搖頭，眼淚又啪噠啪噠的掉，「現在沒有，但是我好怕、我好怕牠突然又……」

「別怕……對方就是希望我們怕！」夏玄允鼓勵著表弟，「去梳洗一下，我餓了，去找東西吃！」

恐懼感退了一些後，才感覺到餓。

兩人的說話聲吵醒了阿姨，阿姨跟姨丈醒來看見平安沒事的他們簡直喜極而泣，讓夏玄允都說不出「只是暫時」這幾個字；阿姨興奮的爲他們準備早點，沒十分鐘，引擎聲自外傳來，走進三個黑眼圈不比他們小的人。

「夏天！」郭岳洋一進門看見夏玄允站在門口，高興的衝上去就是一個撲抱，「你醒了！你醒了！」

「唉唉……」夏天連連踉蹌，「我沒什麼力量，抵不住你！」

「啊！抱歉！我太高興了！」郭岳洋眼角還眞的滲出淚來，緊緊握住雙肩，「現在還好嗎？蟲……」

「目前沒在爬……」夏玄允頓了幾秒，「好像昨晚開始就聽不見了。」

毛穎德望著他微笑，也暫鬆一口氣，接著把自己摔在沙發上，他超想睡的，兩個晚上都睡在圖書館的地板上，根本就睡不好！

「聽不見是好事還是壞事？」馮千靜逕自走到冰箱邊，拿出一大瓶水咕嚕咕嚕灌著。

好事還是壞事？這問題問得眞好，誰也說不準啊！

「至少現在沒事。」郭岳洋認眞的回應著，「夏天醒著，能說話……啊！快吃點東西，你們這兩天都沒吃！」

「根本吃不下啊……好可怕，那種感覺不經歷很難形容！」夏玄允虛弱的坐了下來，「辛苦你們了，昨天如何？」

半躺在沙發上的毛穎德搖了搖頭，「又落空，昨天找的只有兩個第十三個書架，但沒有得到什麼。」

「老這樣守到半夜眞的會死人！我想拜託警衛讓我們在裡面光明正大的待！」馮千靜其實已經下定決心了，她受不了一整天困在不同的圖書館裡。

「妳有本事妳去說，我們面子沒這麼大！」毛穎德當然贊成，但他不覺得有這麼容易，「不過妳要想清楚，這裡可不是學校附近，妳的警察朋友管區不同。」

馮千靜挑了挑眉，不試試怎麼知道？

郭岳洋將紀錄本遞給夏玄允，難得他現在醒著，得快點讓他看看，是否有什麼是他們遺漏的。

「果然有幾件割侯自殺的案子啊……都在這個縣裡嗎？」夏玄允邊看邊說著，「這樣第十三個書架應該就是在這裡了。」

「你知道這個區的圖書館有多少嗎？從小學到大學……我到現在才找了一半，而且不是每個學校的網站都有詳細的照片可以參考！」毛穎德懶洋洋的說著，好香喔……「阿姨，我好餓喔！」

「快好了快好了！」阿姨抽起烤好的吐司麵包，笑著回應。

梳洗完的曾治木步出浴室，他聽見了外頭熱鬧的聲響，大家看向勉強也正常的他都給予加油打氣，有外人在馮千靜一向不喜多話，她回上舖拿東西，下來時發現曾治木很妙的瞧著窗外。

「看什麼呢？」她低聲問著。

「啊……」曾治木遲緩回頭，「沒什麼，我是以爲我們外牆有種向日葵。」

啥？馮千靜聽了丈二金剛摸不著頭腦，後頭阿姨吆喝著曾治木去吃早餐，她湊近床舖區這兒的窗子往外瞧，這裡根本沒有牆啊！他在說什麼？

她搔搔頭不以爲意，到客廳去吃早餐，桌上是一連串的追問，關於曾治木跟李維杰。

「我跟他不熟啊，根本不認識！」曾治木很認眞的回著，「他跟阿翔其實也不認識，只是在穿堂裡嗆過，因為有人笑他變第二名了。」

「笑他？」馮千靜忍不住唉了起來，「第二名有什麼好笑的啦！」

「高中生愛鬧啊，因為阿翔很風光，他一轉來什麼都拿第一名，加上李維杰人緣不好，所以有人就故意酸他！」曾治木說得有些無奈，「阿翔本身跟李維杰沒有什麼交集，但是不知道為什麼就一直會有他們不合的傳言……啊！還有那個。」

「哪個？」郭岳洋趕緊追問，每一條都可能是線索。

「女孩吧。」曾治木有些尷尬，「陳羽瑍跟阿翔告白了，啊全世界之前都知道李維杰喜歡陳羽瑍，陳羽瑍後來就說她只喜歡頭腦好的男生，這也算是導火線吧！」

「噢，又多一條動機！」毛穎德已經躺在沙發上了，為女人的動機就更強烈了！

「來來來！先吃早餐！」阿姨吆喝著，「阿木跟夏天快點來吃！」

所有人立刻中斷話題衝去吃早餐，跑圖書館的也餓了一晚，夏玄允跟曾治木足足餓了兩天，狼吞虎嚥；郭岳洋倒是若有所思，他瞄著夏玄允，總覺得突然能理解為什麼元陵翔當初能去上學了。

是不是也歷經過這段，聽不見蟲爬的時間？

然後呢？他記得接下來是自殘啊！

「我要去上學。」

果不其然，當曾治木把牛奶杯放下時，作了決定。

「什麼？上學？」阿姨立即反對，「你這狀況怎能上學？萬一又、又……」

「我還是要去，不管是誰對我做了這件事，如果我不去不就讓對方稱心如意了！」曾治木執拗的堅持，「我要正常上下學，當初阿翔也是這樣撐下去的，到學校後再說，而且……我也想知道是誰想害我！」

「唉唉，你們……夏天啊！我們好好去看醫生好嗎？」姨丈果然對於「都市傳說」還是半信半疑，「你們不能一直浪費時間去找奇怪的答案啊！」

「再看醫生如果還是一樣的結果，」夏玄允幽幽出聲，「你們是不是接下來就要把我們送進精神科了？」

這句話問得阿姨跟姨丈啞口無言，他們既難過又震撼，卻不知道該怎麼回應。

「送精神科或許不錯啊！」馮千靜圓著雙眼，「束縛起來的話，你們就沒有機會……」

毛穎德踢了她一下，馮千靜還吹鬍子瞪眼的瞅他，「別想這麼遠好嗎！要在那之前結束。」

「只剩五天了。」她唸著，「總是得防患未然嘛！」

「五天？什麼五天？」阿姨聞言，緊張的追問，「你們究竟在搞什麼啊？」

欸！夏玄允立刻暗示他們三個閃人，由他慢條斯理的向阿姨跟姨丈解釋，他幾乎確信這不是普通的事情，而是「都市傳說」。

他們遇到了「第十三個書架」，所以導致現在這常理無法解釋的狀況，硬要用科學去解釋，那就只有他們瘋了一條路。

曾治木默默的離席去準備上學，毛穎德看著他的狀況，從臉色看就知道很差，但是依然堅持去上學，或許元陵翔當初也是抱持一樣的想法，所以即使精神差還是要去！

「我們等等去元陵翔家一趟吧！」毛穎德突然低聲對著馮千靜說。

「嗯？」她亮了雙眼，「終於想開啦！」

「誰想開了！想不開才想去吧！」他抱怨似的說著，「就我們兩個喔！」

「知道！」她自有分寸，毛穎德的敏感體質只有她知道，「怎麼突然願意去了？」

「就只剩五天啊！」他這麼說著，忽然用詭異的目光看著她，「喂，我問妳一件事，這兩天祈求時，妳有聽見什麼嗎？」

「嗯？聽見什麼，我就專心的希望可以幫忙解救夏天啊——厚！」她鼓起腮幫子，質疑似的指著他，「你聽見什麼了？還是有什麼感應？」

毛穎德很不安的皺起眉，「已經連續兩天了，前天縣立圖書館裡一次，昨天又一次……只是昨天比較不一樣，昨天只是聽見祈禱音而已。」

「祈禱音？你嘛幫幫忙，我跟郭岳洋都在祈求啊！」當然有聽見啊！

毛穎德搖了搖頭，「不是你們的聲音。」

那是耳語，逼近有人貼在他耳邊說話的聲音，立體環繞音響，從夏玄允跟曾治木被蟲鑽入耳道後，每天午夜準時響起，持續約莫一分鐘左右；也如同蟲在夏天耳道裡爬行般，那股聲音像是在他腦子裡迴盪著，只是可能恐懼感不若夏天他們那樣嚴重。

馮千靜抿著唇不再多問，如果毛穎德那樣說的話，就一定是「別種聲音」！她原本就不是敏感體質，對於毛穎德感受到的她自然不清楚，雖然有過類似無法解釋的經驗，但她一點都不想再來一次。

下意識望著自己的手，上次有所「感應」時，她的手可是被扯下了好嗎！

決定今天的進度後，大家馬不停蹄的行動，馮千靜煮了一大壺咖啡讓大家帶著，她今天跟毛穎德一道去元陵翔家。曾治木照常去上學，他還打算找李維杰出來談談，順便觀察有誰對於他的出現感到驚訝。

而夏玄允要送他去上學，光明正大的一起出現。

老實說，除了學校的人之外很難作他想，因爲夏天與曾治木同時受到詛咒，唯一的共同點就只有高中。

不過爲了以防萬一，郭岳洋自然陪著夏玄允。

臨行，他們四個人聚在一起，彼此爲彼此加油。

「要是再沒有別的線索，我們眞的就只能拼命找第十三個書架了。」毛穎德語重心長的說著，「除此之外，別無他法。」

「確定是七天嗎？」夏玄允問著，故作輕鬆，笑容卻極度僵硬。

「統整過了，午夜祈求網站上的留言統計中，執行到實現願望都是七天，分毫不差。」郭岳洋很不想打擊夏玄允，但這是不得已的。

「嗯，那我們還有五天。」他居然笑了起來，「大家不要那個臉嘛，你說我是會自殺的人嗎？」

老實說，大家根本笑不出來，因爲從頭到尾，也沒有一個人認爲元陵翔會自殺啊！

但是，事實上他卻割開自己的頸子，死在自己的血泊中。

「你要是敢自殺，就祈禱不要被救活。」冷不防的，馮千靜一把揪過他的領子向前，直接一記頭搥，「否則我會讓你求生不得！」

「……」夏玄允一臉哀怨，「我一定、保證不會自殺！」

救命啊！小靜的威脅比自殺還可怕好嗎！想起他被壓制在地上不能呼吸的「練習」，或是被一腳踹開、被鎖喉、被架住手臂差點以爲會斷掉的痛楚，這些跟自殺比起來，全部都更可怕啊！

「好啦！」毛穎德連忙拉開他們，「你自己保重，如果又有蟲在爬，我只能拜託你冷靜了。」

「你知道那有多難。」夏玄允忍不住擰起眉，雞皮疙瘩全竄了上來。

「我會照顧夏天的。」郭岳洋溫柔的說著，他這次居然比誰都還可靠，「你們快去忙吧，如果今天能把所有可能的圖書館找到，我們就能早點找到第十三個書架！」

希望。毛穎德這麼思忖著，他老覺得沒有這麼容易。

曾治木搖下車窗催促著他快遲到了，郭岳洋趕緊跑進駕駛座裡坐定，夏玄允也跟他們揮手道別。

只是他的笑容瞬間僵住，頓了兩秒再度恢復笑容。

卻沒有人留意到。

夏玄允默默繫上安全帶，眼神忍不住望著自己的手臂，爲什麼他好像看見他的皮膚下面……有什麼東西在蠕動？

曾治木帶著極差的氣色上學，夏玄允跟著囂張般現身，還直接送他到教室去，深怕有誰瞧不見似的；柳丁跟洪渝靖熱絡的跟曾治木打招呼，卻也很快的發現他無精打彩。

其實夏玄允也是，不若上週五來時的意氣風發，那張堪稱清秀可愛的臉蛋有點暗沉，而且眼中佈滿血絲。

柳丁他們覺得怪異，加上星期六被找出去喝飲料，所以好奇的逮到時間就問。

「你表哥他們有查到什麼嗎？」才第一節下課，曾治木爲了怕蟲突然行動，所以跑到走廊上去透氣，但洪渝靖立刻就過來問了。

「查到……」曾治木笑得很勉強，「查到了一點點。」

「所以阿翔眞的跟都市傳說有關係對吧？」她再問，「星期六時我跟柳丁都有被找出去呢！」

「我知道，謝謝！」曾治木是眞的很感謝這兩個麻吉，但是再麻吉，他也無法對他們說出自己現在跟元陵翔一樣。

或許他心底明白，表哥之所以會落到跟他一樣的下場，多少是因爲他吧！那個對他們下咒的人，應該只針對他的。

「喂，你是怎麼了？」柳丁狐疑的打量著他，「臉色很差耶，黑眼圈都跑出來了，整個人看起來很虛！」

「是有點不大舒服……」他敷衍般的回應，「應該過幾天就會好了吧！」

五天，他其實只剩下五天的時間而已吧？

轉過身趴在女兒牆上，柳丁跟洪渝靖面面相覷，覺得曾治木實在變得很詭異，揣測著該不會因爲他表哥來調查那個「都市傳說」，導致他又想起了元陵翔的事情吧？

曾治木不語，雙臂交疊在女兒牆頭，下巴靠上手臂望著樓下，現在的他逐漸能體會阿翔那時的情況，剛開始時也是變得寡言、神色不佳、不太愛理人、行逕怪異，但即使如此，他還是來上學了。

爲的是刻意正常的生活，爲的是捕捉刹那的眼神——有誰看他來學校會感到詫異的？

突然間，他覺得下面有東西在動。

曾治木皺起眉，眼神往下移，發現自己下巴枕著的手臂皮下，竟然有什麼在波動……他下巴緩緩的離開自己的手，他的手臂皮下，竟出現一條又一條的突起——細長的蟲，在他皮膚底下鑽動！

「哇啊！」曾治木嚇得後退，這一叫讓他身後的柳丁也嚇到了！

「怎樣？」他及時抵住向後踉蹌的曾治木，不明所以，「怎麼了？」

「咦？」曾治木慌亂的回首看著人高馬大的柳丁，卻難以啓齒，急速的把袖子往下捲，「沒什麼，我、我去一趟洗手間！」

「阿木？」連洪渝靖也覺得他怪怪的，莫名其妙啊！「你怎麼一副驚弓之鳥的樣子啦？」

「沒事啦！」他說的態度完全無法說服人，在走廊上奔跑，「我去一下！」

他的手！曾治木簡直快嚇死了，他剛剛是看錯了對吧？蟲怎麼會在他皮膚底下呢？牠們是哪邊開始鑽進去的？

火速衝進男廁，他立刻挽起袖子定神瞧著，只看到一雙手臂上頭，正有著數十條蟲在「游泳」似的，悠游在他的皮膚底下——不！曾治木雙手禁不住的發顫，這是不可能的，那些蟲在他的皮下做什麼？

不會痛……表哥說這一切都是幻覺，嚇不倒他的！

曾治木慌張的打開水龍頭，捧起大把大把的水往臉上潑，冬日的水異常冰冷，能逼得他頭腦清醒。

在廁所的其他學生狐疑的打量著他，怎麼臉色這麼難看，而且表情超驚恐的，天曉得他發生了什麼事？事不關己，也不是大家都認識曾治木，學生們洗好手都默默離開了。

水嘩嘩的流著，曾治木不停的朝自己臉上潑水，不停的告訴自己一切都是幻覺，千萬不要在意，對方就是希望自己崩潰，絕對不能讓他稱心如意！

猛然抬首，水珠順髮絲拋出，他緊張的喘著氣，望著鏡裡的自己，試圖抹去滿臉的冰水……卻看見從鼻子裡流出的哪是水，是蟲啊！

一條一條長十公分的細長蟲子絲絲的從鼻腔裡滑下，啪噠啪噠。

「哇啊啊——」他驚恐的慘叫著，向後踉蹌的撞上一公尺後的白牆！

慌亂的用手背抹去，他全身不住的發抖，多希望抹去的其實是水，但是看見

自己的手背上卻有著因使勁抹去而成泥的蟲屍，他再也忍不住，反胃湧上，再度往前衝向洗手台哇嘔的吐了起來。

爲什麼是他？曾治木再度哭了起來，眼淚鼻涕齊飛，一邊撐著洗手台吐，一邊又忍不住看著自己扶著洗手台的手上，依然有著蟲在來來回回鑽動……如果牠們眞的是幻覺，爲什麼會如此清晰？

「很痛苦的樣子嗅？」

絕對幸災樂禍的聲音，冷冷的從他左後方響起，曾治木倏地睜圓了眼，緩緩的抬起頭子，從鏡子裡看向站在他後方的李維杰。

「臉色眞差。」李維杰鑲著笑，站到他左手邊的洗手台，從容的洗著手，「你看起來很需要休息。」

曾治木抹抹嘴，帶著忿怒的眼神瞪著他，是你嗎？他好想問，是不是你？

李維杰從鏡子裡瞅著他，眼神裡除了笑意，還多了一種閃耀，彷彿很享受他這副慘樣。

「幹嘛這樣看我？」他關上水龍頭，甩甩水，「有什麼事嗎？」

「你……」曾治木咬著牙，緊握著拳，「是你嗎？」

「蛤？什麼？」李維杰聳了聳肩，「莫名其妙是在問什麼問題？是我嗎？」

不是嗎？曾治木瞪著李維杰從身後掠過，往門口的方向走去。

「啊對了，你那個萬能的表哥找到了沒？」準備開門的李維杰又踅了回來。

曾治木立刻往右後看去，「找到……什麼？」

「第十三個書架啊！」李維杰雙手抱胸，很得意的模樣，「上星期六那醜女人跑來找我，問了堆亂七八糟的事。」

醜女人……他是說千靜姊嗎？

「我不、不太清楚！」他嚥了口口水，眼神離不開自己爬滿蟲的手臂。

「你表哥不是什麼『都市傳說社』的？很厲害又很威？那應該輕易能找到對吧？」李維杰忽然重新逼前，接近他的身後，「要快喔，時間是不等人的，滴答、滴答……」

什麼？曾治木驚愕的再度回頭，李維杰看著他的眼神已經變了。

那是種勝利與厭惡並存的複雜神情。

「愛管閒事就是這樣。」他說了莫名其妙的話，忽然湊近他耳邊，「你只剩五天了吧？」

喝！曾治木驚恐的彈身向後，撞上了洗手台，不可思議的看著李維杰，是他！就是他！

「為、為什麼？」他失控的嚷嚷起來，「為什麼要這麼做？難道元陵翔也、阿翔也是——」

「是你們的錯，擋到路了。」李維杰默默往門口退著，「多管閒事的人也一樣，好好把握時間吧，滴答滴答。」

「李維杰！」曾治木咆哮著，一顆心臟被人揪緊的難受！「你怎麼可以——」

「你們找不到的。」他微笑搖頭，「就算找到了也沒有用，因為書架總是會實現祈願。」

李維杰伸出食指，做狀往頸動脈狠狠的割下，做出鬼臉後，用嘴型對他說了掰掰。

是，就是他那又如何？報警嗎？警察哪會信什麼都市傳說？而且他從頭到尾沒有對元陵翔、曾治木或是那個自以為是的表哥做過什麼，他只是向第十三個書架祈禱而已。

向都市傳說祈願，這個都市傳說會回應並成全他的願望。

他，沒有罪，也沒有錯。

錯的是擋在他前面的人，影響他站到前面、領取獎金，還害他被取笑的人。

書架要怎麼做他管不著，他只要專心於最終願望的實現就好了。

李維杰愉悅的離開男廁，徒留曾治木一個人無力的在裡頭，他簡直哭笑不得，對……就算現在知道是李維杰那又如何？

他根本篤定他們找不到第十三個書架啊！這個第十三個書架連搆都搆不著，他們要怎麼破解？

他無法克制的嚎啕大哭，感受著雙臂奇癢無比，他發現每隻蟲游到手背上後就會開始折返，牠們像是雙頭火車般來回蠕動，顫著手指大膽的往皮膚上輕摸，他眞的可以感受到蟲凸起於皮下，那種悠然掠過的觸感！

狼狽的望向鏡子，他眞的不知道該怎麼辦！眞的不知道應該怎麼做才好了！

喀！拉開門閂的聲音嚇了滑坐在地的曾治木一大跳，他詫異的跳開眼皮，廁所裡還有別人？

來人是在廁所間裡，他聽見足音由後往前，喀噠喀噠，是皮鞋的聲音，聽起來像是個大人……那個人都聽見了嗎？

噠噠，黑亮的皮鞋從右後方轉出來，來到他的眼尾視線。

「怎麼坐在地上呢？不乾淨啊！」中年男人的聲音傳來，曾治木顫巍巍的抬頭，淚眼矇朧。

「主、主任……」他連話都說不全。

「唉，起來起來，冬天地板也涼。」教務主任說著，逕自趨前打開水龍頭。

曾治木緊繃著，背靠著木板間起身，但是全身總是無法控制的不住發抖，

「對、對不起，剛剛……」

「唉，高中生嘛！吵架難免，青少年血氣方剛，誰不吵！」教務主任笑著擺擺手，「過兩天講和就好了。」

講和就好了？曾治木噙著口水，主任根本搞不清楚這件事的嚴重性啊！他現在就跟元陵翔一樣，即將步入瘋狂與自殘當中！

「不管發生什麼事，要記住沒有跨不過的難關！」教務主任拿出手帕，從容的擦著手，「學生時代的所有大事，未來回頭看都會發現全是雞毛蒜皮的小事兒。」

聽你在放屁！他現在歷經的就是大事，而且是生死交關的大事啊！

「千萬，不要像元陵翔那樣。」下一句，教務主任直接戳中他的痛苦。

曾治木猛然抬首，緊繃著身子看向主任，他現在遇到的事，就是跟阿翔一樣啊！

「死了就什麼都沒了，自殺是最不能解決問題的方法。」教務主任語重心長

的趨前，還在他肩上拍了拍，「只要不死，未來有燦爛的青春在等著你！活著才會贏！」

曾治木說不出謝謝主任這四個字，他緊抿著唇看著主任對他微笑，然後要他把眼淚擦乾，整理好模樣再出去，已經上課了也不要混，接著便回身走出廁所。

門一關，曾治木再度失控的痛哭，他連用手抱頭都不敢，因爲皮膚相觸的瞬間，他完全能感受到蟲在爬行的動作！

大人最會說那些冠冕堂皇的話！阿翔不是懦夫，他不是用自殺來解決問題，那是因爲……他無助的轉頭看向鏡子，鼻孔裡滑出了一條蟲的尾巴，掙扎著扭動，尾巴還捲了起來。

他哭喪著臉，用顫抖的手把那條蟲從鼻腔裡拉了出來，用力朝洗手台裡丟去。

因爲有蟲跑進他們身體裡了，吃著身體內的組織，這就是生死交關！誰來告訴他該怎麼做？誰來告訴他——第十三個書架究竟在哪裡啊？

「李維杰。」

中午吃飯時間，陳羽琠突然叫了李維杰出去，他其實嚇了一跳，心跳得很快，是帶著興奮之情走出去的。

「怎麼了……有事找我？」他雙眼亮著。

陳羽琠望著他，他並不知道今天早上她在廁所外面，聽見了曾治木的咆哮聲與他的說話聲。

「我想問你一件事，你能老實回答我嗎？」她咬著唇，習慣梳著兩根辮子的她看上去煞是可愛。

「什麼事？我一定知無不言、言無不盡！」面對喜歡的女孩子，男生都很強求表現。

「我想問你……」陳羽琠做了個深呼吸，「元陵翔的事跟你有沒有關係？」

李維杰瞬間斂了臉色，「妳在說什麼？他跟我有什麼關係？」

「他真的是自殺的嗎？我不相信他會自殺的！」陳羽琠逼前一步，「還有你對曾治木他們做了什麼？為什麼阿木在哭？第十三個書架是什麼意思？」

李維杰詫異的望著她。「妳怎麼會知道……」

「最近大家在傳的都市傳說，跟這件事有關嗎？」她咄咄逼人，「我想要個答案，你到底知不知道這件事？」

「我不知道！」李維杰立刻否認，「元陵翔是自殺的，曾治木我跟他根本不熟，什麼都市傳說的……妳怎麼也會信那種東西？」

「那快點找到第十三個書架是什麼意思？」陳羽瑍可沒有忽略她所聽見。

李維杰眞的倒抽一口氣，「妳怎麼會知道這個，妳去哪裡聽見的……反正、反正沒這回事就對了！我跟元陵翔或是曾治木完全都沒關係！妳找我出來就是問他們的事？」

陳羽瑍微慍的望著他，「你知道我不信你說的嗎？」

「信不信隨妳，我管不著。」李維杰別過了頭，「我要進去吃飯了……啊對了，這個我想送妳。」

陳羽瑍蹙眉，看著李維杰把一個小吊飾塞進她手裡，「這什麼……」

「我剛好看到還蠻可愛的就買了，好像是象徵學業進步的，妳不要多心。」

他赧紅著臉，急著就要回身。

「李維杰！」陳羽瑍突然拉住了他，這讓李維杰心跳漏了一拍，「你如果眞的碰了都市傳說……會有危險的！」

李維杰回首望著她，第一次看見陳羽瑍這般憂心忡忡的眼神，是對著他。

「妳別亂猜。」

「都市傳說碰不得啊！既然是傳說，我覺得很可怕！」她咬著唇，「收手好嗎？」

收手？已經來不及了！李維杰淺笑著，「好了，快回去吃飯吧，等等就要午休了。」

他使勁一抽，抽回了自己的手。

很多事一旦開始就不能結束，尤其在都市傳說裡，沒有回頭路。

第七章 自殘的男孩

這一區地大，家家戶戶都是住在透天厝，元陵翔的家在較熱鬧的地方，兩旁都有鄰居，算是在大街上；毛穎德與馮千靜以網友之姿拜訪，說剛好到這裡來，想著離世的朋友，所以想來看看。

一樓上過香後，元媽媽和藹的領他們到二樓，腳步越來越沉重，但站在元陵翔房門前，她忍不住哽咽起來。

「對、對不起……我到現在還沒有辦法完全平復。」元媽媽用深呼吸壓抑自己的悲慟，「那個孩子，我眞的不敢相信他會自殺！」

說不定他眞的沒有！馮千靜只是低垂著頭，她沒敢說出口，也不能說。

「眞抱歉，好像反而讓您傷心了，我只是想來憑弔一下……」毛穎德客氣的說。

「沒事，是我自己還沒放下。」元媽媽扭開門把，「他的房間我還保持原樣，你們自便吧！我去幫你們準備一點熱湯！」

進房間是馮千靜要求的，她胡謅元陵翔生前跟網友們約定，要到彼此家中的房間拍照留念。

「不必麻煩！」馮千靜趕緊婉拒，「太不好意思了，我們待一下就走。」

元媽媽微微一笑，「別這麼說，難得你們這麼有心，隔了這麼久還記得他！」

溫柔的母親轉身下樓，馮千靜忍不住嘆了口氣，正首看向毛穎德，眞的好像反倒勾起人家傷心事了！

毛穎德朝她使了個眼色，他站在門口磨磨蹭蹭，不知道在猶豫什麼。

「就一間房間你在幹嘛？」馮千靜大方的推門而入。

明亮寬敞的房間，元陵翔的房間位在轉角，兩面牆都有窗戶，正午剛過，雖有窗簾遮著，但依然一室透亮。

床、櫃子、書桌全部一塵不染，從牆上的海報看得出來……他涉獵還眞廣呢！籃球、棒球、美式足求、競技格鬥、拳擊……哇！

「他喜歡好多運動喔！」馮千靜望著牆上的海報出神，「幾乎每樣都有涉獵耶，美式足球跟橄欖球也有，天哪！還有冰上曲棍球，居然——」

她看到床頭那張巨幅海報時當場愣住。

毛穎德哇了一聲，忙不迭的走近，看著那巨幅海報裡的精巧美人，身著一身全紅中國古典格鬥服，手拿著兩根銀棒，氣勢萬千，背景還有水花，是張完美的宣傳照。

海報裡的女子身子精壯結實，雙眼銳利有神，五官清秀，堪稱女子格鬥界的一朵花，一旁以草書寫著「小靜」二字——毛穎德回頭看了一眼站在床尾的邋遢女人，今天照慣例寬鬆裝扮，獅子頭捲髮胡亂披散，粗黑框眼鏡一戴，任誰都無法認出跟海報上是同一個人！

「妳這樣來元陵翔在天之靈會哭的。」毛穎德重重嘆口氣，「好歹穿好看一點來，頭髮梳整齊……」

「我哪知道他有在注意女子格鬥啊！」馮千靜看見自己的海報怪難爲情的，「有的話……我也不會穿這樣來好嗎！」

不過突然發現元陵翔可能是自己格鬥的粉絲之一，馮千靜一瞬間情緒變得有點沉重，正値青春飛揚之際，居然會割頸自殺……他是在哪裡割頸的呢？馮千靜張望著，才低首發現自己踩的那塊地有點不一樣。

「好像是陳屍在這裡。」毛穎德很不客氣的直接指著她腳下，「當時的巧拼已經移走了吧。」

喂！馮千靜趕緊跳離開床邊的位子，現場當然已經被清理乾淨了，但是想像力無限，她腦子裡立刻出現郭岳洋給她看過的馬賽克現場圖。

背靠著床，倒臥在床鋪右下方的元陵翔，死的時候手裡還握著刀子，雙眼瞪直，身上床上全部都是鮮血。

「有感覺到什麼嗎？」馮千靜輕聲問著。

毛穎德搖搖頭，事實上他並沒有很想感應到什麼，「很乾淨的地方。」

馮千靜移動步伐，看了一下他的書桌跟櫃子，看得出來這個學生的確聰明，不只喜歡的運動多，他的書架上有著各類書籍，甚至有高中生不該讀到的科目。

角落是廁所，她往裡瞥了一眼，沒什麼特色。

「好像也沒寫日記，這樣子似乎得不到什麼資訊。」馮千靜走回床尾，背對著床面對著書桌，書桌上竟然還有一張她的剪報；元陵翔把自己的照片剪下來，貼在她的照片旁，一種幻想。

她沉吟了幾秒，摘下眼鏡，稍稍理了一下頭髮。

「元陵翔，我是小靜，謝謝你支持我。」她坐了下來，對著那張剪貼的照片笑著，「希望你一路好走，不要留連在人世間，這是我給你的祝福。」

她微微笑著，瞥著一旁的立鏡，做出一個小靜式的表情。

然後——「嗚——」

喝！毛穎德頓時嚇得抬首，悲傷的哭聲頓時從房間裡響起，他整個人都跳了起來！

「馮千靜，他沒走！」他緊張的環顧四周，「他現在正在哭……天哪！哭得好傷心啊！」

沒有人回應。

毛穎德狐疑的往一點鐘方向看去，馮千靜依然坐在位子上，望著鏡子淺笑著，但是她動也不動，手在眼前揮動眼皮完全不眨不閉，只是坐在那裡。

糟糕！毛穎德暗叫不好，第一件事是回身往房門那兒去，得先把門鎖上，不能讓任何人進來！

「元陵翔，我們沒有惡意！」毛穎德低語著，「我們只是來看看……那天晚上，站在小木屋外的人是不是你？」

「嗚……」悲泣聲再度傳來，比之前更難受。

他抓不準聲音的方向，室內依然明亮，但是……毛穎德看向不動如山的馮千靜，希望她能給他一點答案。

馮千靜眨了眨眼，突然有種虛脫感襲上，她不適的撐著身子，再次面對鏡子裡的自己，卻發現映照的人不是他——是個男孩！

等等……她不明所以，但是他的身體站起來，他正絕望的哭泣，踉蹌的往角落的浴室走去，啜泣的聲音不絕於耳，直到站定在浴室前的大鏡子前。

天哪……馮千靜不可思議的看著鏡子裡的自己，他好憔悴，兩頰凹陷，眼窩根本像是好幾天沒睡的慘狀，最可怕的是他的脖子腫起來了！

好大一個包啊，馮千靜定神瞧著脖子上的腫包，超級大的，簡直比整個頭部還大，呈現紡錘狀，範圍含蓋整個側頭部，一路到正面來；不但大而且沉，他感覺到頭子都歪一邊了。

皮膚被撐得很薄，很清楚的看見血管與青筋浮現，他感到痛苦恐懼且悲傷，鏡子裡的男孩是……是元陵翔啊！只是太過憔悴，他哭得好傷心絕望，抹去淚水湊近鏡子看著自己頸子上的腫塊，皮膚如此透明到，幾乎可以看得見那腫塊的內部……

那是什麼？馮千靜瞇起眼，天哪！她瞧見的紋路、一格一格的，帶點深棕色，而且當手掌貼上去時，甚至可以感受到腫包裡在震動！

整個腫包像是什麼？她自己都覺得不可思議，好像是……蛹？

「我不想死！我不想死啊——」元陵翔一拳擊上鏡子，哭得泣不成聲，「我不能就這樣死掉！」

他哭喊著，跌跌撞撞的衝出房間，馮千靜覺得頭暈目眩，下一秒發現自己又

在鏡子前……不，是元陵翔重新站在鏡子前，呼吸相當急促，手裡握著一把菜刀。

等等……等一下！馮千靜好想阻止，想大叫，但是她就是元陵翔，她只能眼睜睜看著他把刀舉起，逼近了頸子。

「絕對，不能讓牠們飛出來。」他咬著牙，高中生哭得如此淒絕，求生的勇氣支持著他，咬牙剎地劃開那個蛹。

蛹裡沒有蝴蝶、卻也沒有蛾，只有泉湧不止的鮮血嘩啦的噴出，元陵翔也嚇著了，他趕緊用掌心壓住頸子的傷口，回身往房間裡衝。

「媽……」他走不到床尾，強烈的暈眩感襲來，讓他整個人往地上摔去。

這一摔，鮮血噴濺得更多，他幾乎再也無法爬起來了……元陵翔撐著身子，勉強的靠在床尾，感受著身上的血爭先恐後的離開，手上緊緊握著刀子，顫抖的手再往頸子邊的蛹伸去。

啊啊……是正常的脖子，沒有蛹了，蛹被他……

眼前的一切逐漸黯去，馮千靜難過的闔上雙眼的猛甩頭，巴不得趕快醒來，可是她再度睜眼時，卻發現自己在一處沒有天也沒有地的地方，眼睛看不到水平線導致重心不穩，她差點跌到地上，歪斜之際逼自己穩住。

遠遠的，有人在碎碎唸著什麼，一個看不清楚的背影對著一個書架，像許願一般祈求。

『幫幫阿木……』耳邊冷不防傳來聲音。

「天哪！」馮千靜手永遠比腦子快，右手伸出一個肘擊，就往來人臉上招呼。

元陵翔八風吹不動的站在她右手後方，頸子上裂口並不大，但卻足以讓他流乾身上的鮮血，他哭喪著臉，滿滿的悲傷。

『我走不了……救救阿木！』元陵翔望著她，『小靜一定可以的對吧……小——』

他伸出手，來不及抓到馮千靜，人就倏而消失，馮千靜只覺得天旋地轉，黑夜變成白天，陽光透過葉子灑下，她瞇起眼仰頭向天，看著大批的黑影飛過……不，不是黑影。

是蛾。

擁有三對翅膀的蛾如蝗蟲過境一般覆滿天空，牠們的振翅聲聽起來有點像是悲鳴，嗚嗚嗚……嗚嗚嗚……一路飛過了天空，飛進了一個有著深綠色棚蓋的院子裡，馮千靜掩著雙耳看深色屋頂的院子，牆頭種滿了向日葵，鮮黃的花朵盛開，棕色的花心裡流下了鮮紅色的血。

「搞什麼東西啊！」她忍無可忍的大吼起來，「不要再哭啦——」

「馮千靜，起床了！」

一個彈指聲，啪，馮千靜跳開雙眼，整個人往後猛然倒去！

手臂及時接住她，她仰躺在毛穎德的臂彎之間，發直的雙眼盯著他，眨呀眨，再眨呀眨。

「醒了嗎？」毛穎德的臉映在她眼簾，「這裡是元陵翔的房間，我是毛穎德，跟妳一起過來瞧瞧，妳剛剛定在這裡不動像是睡著了，直到剛剛突然大喊說不要再哭了——妳也聽見哭聲了？」

呼……馮千靜難受的閉上雙眼，沒有想起來的意思，還乾脆整個身體都放鬆的躺上毛穎德的手臂，他趕緊加重力道扶住她，這女人是怎樣？

「我好像被帶進去了。」她喃喃說著，「總算明白元陵翔自殺的主因了。」

「嗯？」毛穎德將她扶正，她看上去一點兒都不好，「真的是自殺的嗎？」

馮千靜勉強坐直身子，又是這種異常疲累的感覺，「是也不是……的確是他自己割開頸子的，但是他不是想自殺，是想自救。」

「所以才會哭得這樣委屈啊……」到現在為止，毛穎德還是能聽見充斥在這房裡的哭聲。

「好累……有沒有搞錯，太莫名其妙了吧？照理說應該是你感應啊，有敏感體質的是你好不好？」

「喂！我只是有一點點敏感，別搞得我像靈媒似的！」他其實很慶幸不是他，嘻嘻，「他應該是好不容易見到偶像，所以想跟妳聊聊？不過他沒走我倒是很意外。」

偶像，唉，或許是吧！直起身子的馮千靜現在只覺得全身發寒，揉揉眼睛，「他說他走不了，還要我救救阿木。」

「嗯，還有呢？」他主動起身，站到她身後，開始揉著她的太陽穴，「別動，這樣會舒服一點。」

他邊說，一邊用雙掌覆蓋住她的眼睛，馮千靜其實很不習慣這樣的碰觸，基本上碰觸就算扣分吧……不，不是，這只是普通的接觸，她忍下直覺反應的過肩摔，感受著溫暖大掌覆上雙眼的溫暖。

「我看見元陵翔的脖子上有一個很大的蛹，就是毛毛蟲要變成蝴碟或是蛾的時候，會結的那種！超大一個，整個脖子的一側都是，簡直快比頸子還粗，而且很沉……」她幽幽道出剛剛看見的東西，「我一直很暈，像在看跳轉的電影，然後看見元陵翔拿刀子把蛹切開，因爲他不想讓蝴碟或蛾破繭而出……結果沒有東西飛出來，只有他的血，最後他是這樣失血而亡的。」

某個層面來說，元陵翔的確是自殺。

自己拿刀切開頸子，對他來說，是割開沒有人看得見的蛹。

「他原本想下去求救的，但是在床尾跌倒，倚在旁邊逐漸虛弱……接著他找我求救，要我救阿木。」馮千靜眉頭忽地緊皺，毛穎德透過掌心可以感受得到，「然後我看見天空滿滿都是蛾，飛到一個地方去……那蛾多到一種噁心的地步，飛行的聲音像是有人在哭的低鳴，不絕於耳。」

「那是因爲他眞的在哭。」毛穎德沉著聲音，「應該是幻境與現實重疊了，元陵翔一直在哭泣，沒有停過。」

「幫忙做點實際的事好嗎！一直哭有用的話那我天天哭！」馮千靜抱怨著。呼……毛穎德鬆開手，「他做過了，夏玄允他們被蟲纏住時他有來警告過，但那樣子誰看得懂啊！」

「蛤？」馮千靜敲敲肩膀，她現在覺得渾身不舒服，自體內發寒，「怎麼我很想吐，整個人都……」

「正常，應該跟紅衣小女孩時差不多！」毛穎德扶她站起，「妳才知道我討厭這種體質。」

樓下傳來腳步聲，毛穎德立刻鬆手先跑去打開門鎖，以免被誤會他們兩個在裡面做什麼！馮千靜不支的往床上倒去，趕緊站起來說聲對不起，然後拿過書桌上的眼鏡戴上，頭髮也立刻放下來，雙手伸進髮內能弄多亂就多亂。

「同學。」門外傳來輕喚，緊接著是叩門聲，「喝點熱紅豆湯吧！」

毛穎德忙不迭拉開門，「謝謝！」

元媽媽微笑著，毛穎德請她先走，再悄悄伸出右手要讓馮千靜先行，她臉色的確不佳，現在喝熱甜湯正是時候。

「這樣算有得到什麼了吧？」馮千靜輕聲說著，「他還在哭嗎？」

毛穎德點點頭，眞羨慕馮千靜，這會兒就聽不見了，「很難受，充滿委屈。」

「至少夠義氣啦！爲了阿木留下來！」馮千靜倒還蠻欣賞他的，「不過這下子，總算知道夏天他們接下來可能會面對的事了。」

「嗯，所以我們等等先去勘察剩下的圖書館，今天晚上必須先決定一個。」不放棄任何一個午夜，是最大前提。

馮千靜點點頭，她的手機正傳來訊息，昨天拜託的事情似乎有了眉目，認識的警察叔叔願意幫他們個小忙，可以不讓他們徹夜辛苦的躲在圖書館裡。

毛穎德耳邊依然聽見少年的啜泣，不走的元陵翔是不是爲了曾治木他持保留態度，但至少知道了他死亡的眞相：他果然不是自殺，只是單純爲了自救，也明白他對阿木說的那句「毛毛蟲終究會變蝴蝶」是什麼意思。

鑽進耳朵裡的蟲，會結成蛹，然後逼著宿主割開它們——一旦割開，就是邁向死亡的自盡了！

曾治木的異狀瞞不過兩天，立刻就被柳丁發現了，他們發現他上課不停的盯著自己的手臂看，渙散的眼神跟突然的疏離簡直跟當初的元陵翔如出一轍；看見李維杰時會出現恨意與忿怒，無法上體育課，接著連正常上課都有問題，所以星期二下午，他跟洪渝靖是壓著曾治木回家的。

夏玄允的狀況也沒好到哪裡去，自從發現蟲在皮膚下鑽動後他完全無法專心的協助郭岳洋，因此他待在小木屋裡，郭岳洋一邊看著他，一邊跟在外頭跑的毛穎德聯繫。

昨天郭岳洋好不容易才找到兩個割喉自殺的死者家屬談話，夏玄允就開始反常，恐慌的壓著手臂，希望制止蟲往上手臂上爬行，讓他沒辦法再找另外兩個家屬深入瞭解，只好先帶夏玄允回來。

回來後狀況只是更糟，夏玄允連照鏡子都不敢，還拿繩子綁住上臂，希望蟲不要鑽過。

因此柳丁跟洪渝靖的出現其實讓郭岳洋放心不少，他可以把夏玄允跟曾治木都丟給他們兩個，趕緊去找過去類似狀況的死者家屬，並交代著只能讓夏玄允他們待在床鋪區，不能接近有危險的凶器、不能接近廚房，就算去浴室都得跟著。

阿姨跟姨丈心力交瘁，他們逼著夏玄允兩人去看醫生未果，看著日漸不對勁的孩子卻也束手無策。

郭岳洋現在端坐在客廳裡，專注的望著手機上的時間，十二點十分，再向右看著在下鋪沉睡的同學，沒有什麼特別變化，他甚至不知道毛穎德他們成功找到第十三個書架了沒？

仔細看著自己的紀錄本，他晚上花了點時間統整一下目前爲止，這一地區發生過的割喉自殺案，狀況幾乎都一樣，正常的學生一夕之間變樣，也都有就醫紀錄，聲稱有蟲鑽進了耳朵裡。

每個學生都有「競爭」上的問題，幾乎在某個領域相當優秀，有縣賽的長跑冠軍、還有全國大賽的紀錄保持人，還有像元陵翔一樣的優異者——唯一一個不同的，是第一個自殺者。

他不是學生，是個中年大叔，原本是個工作還不錯的白領階級，但是公司倒閉後便失業，卻放不下身段去找工作，成了無業遊民，向家裡要錢、借酒澆愁，最後在一次醉酒之後居然砍殺了全家，再割頸自殺。

這個不算自殺案，是殺人再畏罪自殺案了，過程跟其他人都不同，所以跟都市傳說並沒有關係；郭岳洋在這男人的部分用藍筆框起來，這是獨立個案，不能計入討論。

扣掉中年大叔的案子後，加上元陵翔有四個確切例子是相同的，疑似跟「都市傳說」有關，但是從「午夜祈求」的網站上看來，透過第十三個書架完成願望的人可遠遠超過這個人數啊！

刺眼的燈光掠過窗子，郭岳洋立刻起身往門口走去，悄悄的打開木門，看見外頭停妥的車子，與一臉疲態的毛穎德及馮千靜下了車，他們看上去不比夏天好到哪裡去。

毛穎德對上走出門口的他，輕輕搖了搖頭。

再一次的失利，今晚圖書館的第十三個書架依然沒有著落，再如何認眞祈求也得不到什麼玩意兒。

「我們只剩三天了。」郭岳洋走出戶外，右手掩門，「還剩下幾個符合條件的圖書館？」

「太多。」毛穎德他們還拎著宵夜，直接往湖邊的椅子上去，「三天根本祈求不完。」

「如果找不到第十三個書架那該怎麼辦？」郭岳洋憂心的是這個，「他們今天也沒吃什麼，沮喪的過一天。」

「我快累死了好嗎！」馮千靜忍不住抱怨，「一點頭緒都沒有，難道沒有別的方法嗎？」

「找不到啊！」郭岳洋也很急，「找得到的話我們就沒必要在這裡乾等了！」

「好了好了……妳先去吃東西！」毛穎德趕緊把馮千靜往湖邊躺椅推，「他們兩個完全沒事嗎？有沒有出現摸脖子的情況了？」

「還沒。」郭岳洋搖了搖頭，「但是一直瞪著自己的手瞧，有蟲在皮膚下鑽來鑽去。」

第四天，依照柳丁的說法……結蛹是在後面，在這之前應該是自殘，不過目前爲止相當平靜。

「他們的精神遲早崩潰，撐不了這麼久的，有什麼反常現象嗎？」毛穎德問的每個問題，都得到郭岳洋的搖首，「好，你不是找到死者家屬了？」

「找到了，但沒有可用的資訊，我統整好了等等你們再看，我甚至去找了『嫌疑者』。」也就是自殺的學生死亡後的得利者，「他們否認到底，有的惱羞成怒，有的則是很害怕……不過有一位進了精神病院。」

「精神病院？」毛穎德雙眼一亮，「在哪間？能問到嗎？」

這種最大的可能就是良心壓力，說不定有機會問出端倪。

「別想了，我去探過了，什麼都不說。」郭岳洋很失望的說著，「他們像是懼怕著什麼，感覺得出來。」

「眞煩！」坐在躺椅上吃東西的馮千靜唸著，「阿木不是說確定是李維杰幹的嗎，就不能直接去逼問他第十三個書架在哪兒嗎？簡潔俐落！」

「最好事情都跟妳想的一樣簡單。」毛穎德沒好氣的回身，「他要是會告訴我們，當初就不會去找第十三個書架了！」

拎著宵夜坐下來，郭岳洋回身進房間拿出本子，不在屋裡談，是爲了不吵醒已經虛弱的事主。

在元陵翔家遇到的事情，馮千靜跟毛穎德避重就輕，絕口不提毛穎德聽見哭聲的事，但是馮千靜很大方的說出看到的跳躍影像，之前她曾被紅衣小女孩引導過，郭岳洋自己也曾是受害者，很清楚那樣情境。

至少他們現在都知道，夏玄允跟曾治木再過兩天會出現什麼樣的症狀，當他們如柳丁所言，開始護著脖子時，便是成蛹的開始。

「明知道是幻覺，卻很難戰勝啊……」毛穎德若有所思，「夏天的理智也撐不了太久。」

「他跟阿木互相檢查彼此的手，都看得見有蟲在皮下鑽，但是我、柳丁或是洪渝靖全部都看不見。」郭岳洋很無奈，「夏天認定這是都市傳說帶給他們的幻覺，可是他的眼睛根本離不開他的手。」

「因爲對他來說是眞實的啊！」馮千靜咬著炸雞塊，聳了聳肩，「只要他們感覺眞就好了。」

是啊，再眞不過了。

站在窗子旁的夏玄允望著外頭聊天的朋友們，他比誰都痛苦，知道大家爲了他們的事東奔西跑，試著想找出破解，他自己也勉強逼自己清醒，希望能想到一條路……卻什麼都不知道。

「第十三個書架」太過生冷，加上就算有此傳說卻毫無細節，根本無法從中抓出頭緒。

才四天，他有種精疲力盡的感覺……憂心在身體裡的蟲不知道會往哪兒去？在皮膚底下吃了些什麼？就算大家對他耳提面命說那恐怕只是幻覺，但是他碰得到啊！在皮膚下凸起的蟲如此眞切，該如何告訴自己只是幻覺？

從耳朵進去，在頭裡亂咬一陣後，不知道爲什麼跑到了手臂裡，阿木哭著說是不是在攝取養份，他思考過，在沒有太大痛覺的前提下，只怕蟲吃的是體液……吸血嗎？沿著血管浮游，飽餐一頓。

戰戰兢兢的再度舉起手臂，他們刻意將長袖扣子扣上，不讓自己再注視手臂，但這不過是欲蓋彌彰的做法……想看，他還是會想辦法捲起袖子——咦？

夏玄允愣住了，他的皮膚底下，竟如平常般正常光滑，沒有任何一條蟲在下頭鑽動！

怎麼可能?!在入睡前他還看見密密麻麻的牠們拼命蠕動啊，能去哪裡了……去……他腦袋瞬間空白，緊張的再把袖子往上捲，該不會眞的跑離手臂，往上去了？

下一秒他慌張的衝進廁所，聲響吵醒了洪渝靖。

「誰？幹嘛……」她撐起身子，迷迷糊糊的望著，「阿木……還在。」

曾治木翻了個身，有些不安的抓著身體，柳丁也惺忪睜眼，望著身邊翻來覆去的曾治木，來回張望著。

「夏天表哥進廁所了。」洪渝靖懶洋洋的說著，她好想睡喔！

「我去。」柳丁嘿唷的起身，順便推了身邊的曾治木一把，「餓的話醒來吃點東西，你媽準備的！」

「嗯……」曾治木應著，拼命往身上撓，「好癢……好癢喔！」

「嗯？怎麼了嗎？」洪渝靖鑽出下舖，決定先到門邊去開燈，不然什麼都看不清楚！

衝進廁所的夏玄允看著鏡子裡的自己，審視著兩隻手臂，真的絲毫看不見任何蟲的痕跡，但是……他忽地顫了一下身子，這是什麼感覺？他隻手壓在胸前，怎麼感覺有東西在身上爬？

夏玄允倏地扯開睡衣，看見自己白皙的胸膛與腹部上，無一處平整，皮膚底下是滿滿蠕動中的蟲！

「哇啊——哇——」

暴吼聲響徹雲霄，嚇得湖邊才偷閒的人跳了起來！

三個人只相互看了一眼，毫不猶豫的立刻朝木屋裡奔去，「發生什麼事了?!」

「救命！快點——」洪渝靖的尖叫聲傳來，聲嘶力竭。

毛穎德撞門而入，看見一屋子的燈都已亮起，而洪渝靖正在床舖邊抓住掙扎的曾治木，他赤裸著上身，瘋狂的往身上搥打！

「打死你們！打死你們——」他尖吼著，一再的掙脫洪渝靖的箝制，拳頭往身上招呼。

「那邊！」洪渝靖瞧見他們，頭撇向的卻是廚房方向。

毛穎德直視前方，看見的是廚房裡更加可怕的扭打，夏玄允手上竟握著刀子，而柳丁拼命的想抓住他的手，制止他的動作。

「夏天！」郭岳洋衝上前去，簡直不敢相信親眼所見，夏天想做什麼?!

「放開我！我要把牠們弄出來！」夏玄允瘋狂的推開柳丁，「你滾開……不能讓牠們進入我的心臟！走開！」

抓狂的人力大無比，夏玄允從來就不壯，但是現在他卻能撞開握著他手腕的柳丁，柳丁向後撞上流理台，後腰一時劇疼麻痺，幸而郭岳洋接著撲前，但是夏玄允卻直接一腳踹開了他！

手裡握著刀子，低首看著自己的身體，二話不說一刀就劃了下去！

「夏天！」郭岳洋不可思議的大吼著，毛穎德跨過倒地的他，不客氣的一腳踢向夏玄允的右手。

但是刀子沒有掉。

夏玄允是如此執著，他只是整個人被踢得踉蹌，及時扶住流理台穩住，然後繼續往身上割開每一吋肌膚。

「夏玄允！」毛穎德直接上前，握住了他的手，「你清醒一點！這是幻覺！」

「牠們在我身體裡鑽啊！我的心我的肺我的內臟都在這裡！」夏玄允根本聽不進去，他歇斯底里的喊著，「把牠們挑出來就沒事了，你看不見嗎？我的身體裡滿滿的都是蟲啊！」

「挖出來——」無獨有偶，這邊因劇癢醒來的曾治木也一樣，洪渝靖試圖從後制住根本徒勞不功，馮千靜上前就同時握住了他的雙手。「放開我！妳做什麼？蟲在爬，要把牠們壓死！壓死！」

「壓不死的啦！」馮千靜雙手同時握住他的雙腕，直接換了個方向，對著洪渝靖吼，「去拿繩子什麼的來綁！」

「……啊好好！」洪渝靖趕緊鬆手去找。

「好多蟲啊……挖出來，拜託你們快點把蟲給挖出來啊！」曾治木又哭又喊著，「好癢喔……不要讓牠們再爬了！快點、快！」

瘋狂的曾治木掙扎力度甚大，馮千靜一下子就抓不住了，她被使勁推開，看著曾治木跌跌撞撞的也想衝到廚房去，那邊是唯一有刀子的地方。

自殘，她終於明白元陵翔當初的狀況了。

「哥……哥不可以！」一見到滿身是血的夏玄允，曾治木卻突然哭喊著，「我們不能這樣！死了就輸了，什麼就沒有了！要活著才能贏啊！」

「我只是要把牠們挑出來而已……」夏玄允揮動著刀子，看著自己胸膛又劃下一刀。

「啊啊……我也要！幫我！」曾治木說著再往前衝。

情緒的崩解，馮千靜搖了搖頭，來到曾治木的身後。

「對不起了！」她低聲說著，由後抓住曾治木的後衣領，直接往回拖，甩向了上下舖的床架。

算準距離與力道，壓著他的後腦勺再叩咚一聲，直接朝床柱招呼去。

咚的一聲嚇到了在下舖找繩子的洪渝靖，她刹地向後方看去時，恰好看見倒地的曾治木。

「把他的手綁起來。」馮千靜指著昏過去的曾治木交代著，扭頭就往十一點鐘方向的廚房去。

那邊完全失控，毛穎德屢次拉住夏玄允又再度被鬆開，而且搞得他手上也都是刀傷。

「不要阻止我！」滿身是血的夏玄允舉著刀大喝，「你們沒看見嗎？這樣子蟲就拿出來了！」

他左手食指與姆指捏著空氣，老實說，他們什麼都看不見，但是在夏玄允手裡，那是一條蠕動掙扎的蟲，一樣的長卻比之前粗了，該是褐色的身體卻透著粉紅色，那一定是吃了他的血肉的緣故！

「牠們在吃我們的組織……天哪，變得這麼粗！」夏玄允哽咽著，痛不欲生，「這怎麼能說服我是幻覺啊，看見了沒，牠們變得好粗啊！」

看不見。起身的郭岳洋想這麼喊，但是看著瀕臨崩潰的夏玄允他說不出口，看著他身上數個刀傷血流如注，每一道傷口其實都不深，他只是割開自己的皮膚……可怕的是他伸手往傷口裡挖的動作，撐開了傷口。

但是，他卻完全不覺得痛似的，染滿血的手指抓著沒有人看得見的東西，緊窒且顫抖的嘶吼。

「我幫你！」馮千靜忽然說著，回身抽過刀架上的刀子，二話不說就朝夏玄允走去。

「馮千靜！」毛穎德伸手抓住她，卻被她一個扭手瓦解，她回眸瞪著他的模樣一點都不輸夏玄允的凶狠。

柳丁都傻了，他也看不見蟲在哪裡，那個馮千靜拿這麼大把刀想幹嘛？

「沒看見他很痛苦嗎？」她大喝著，走到夏玄允身邊，「我來幫你，我把蟲全部挑出來！」

「謝謝謝謝謝謝……」夏玄允幾乎語無倫次，指著腹部，「妳負責這邊，我負責……」

淚如雨下，他擎著刀就要往胸膛再割去，馮千靜卻突然伸手擋住他的刀勢。

「小靜？」夏玄允扭曲著臉，「求求妳不要阻止我！」

「辦不到。」馮千靜擰起眉心，下一秒握著菜刀的手壓著他的手腕，以身體爲牆將夏玄允逼推向後，直接撞上冰箱。

夏玄允還來不及反抗，就見馮千靜左手抓住他的頭髮，將他的頭往前一扯，倏地再往後一甩——叩！

五秒後，夏天身體癱軟在地，馮千靜從他的手裡拔出水果刀時，還費了一番功夫。

「力氣好大。」她抽出水果刀時說著，「他是眞的抓狂了。」

她把兩柄刀都扔進流理台裡，鏗鏘聲在夜裡聽來令人心驚膽顫。

但是現在她，讓人感覺更害怕些……柳丁打量著馮千靜，有種有眼不識泰山的感覺，這位千靜姐剛剛的動作超俐落的，一眨眼就把夏天表哥給打暈了。

「看什麼！綁起來了！」馮千靜吆喝著，「打119還是自己送醫？」

「不……不行！」郭岳洋總算回神，「現在送醫的話，他們會被判定自殘，然後送進精神科的。」

「說不定這樣也好！」毛穎德記起一開始的想法，「如果束縛住，對他們來說未嘗不是安全的方法。」

「我不認爲！」柳丁搖頭，「你們說的阿翔都經歷過，他在醫院時手曾被束帶繫在床欄，但是他抓狂時是硬生生扯斷的……力氣比剛剛的夏玄允有過之而無不及，瘋狂的人難以控制！」

「我的重點是傷口要處理，他剛伸手挖傷口耶，指甲多髒啊！」馮千靜在意的是這點，「還挖得亂七八糟！」

毛穎德回頭看著被嚇到的洪渝靖，她才把曾治木的手給綁起來，看來那位也是被馮千靜打暈的。

「郭岳洋，送醫吧，夏天身上傷口太多了。」他作了最終決定。

郭岳洋開始掉淚，簡單的爲夏玄允身上的傷做著處理，拿著刀子往自己身上切開的痛楚，比不上蟲在皮下蠕動的恐懼嗎？

「我說眞的……」柳丁很掙扎的開口，「你們有人看見那些……蟲嗎？」

洪渝靖正將曾治木拉正仰躺，默默搖了搖頭。

「什麼都沒有，正常得很。」毛穎德語重心長的說著，「我也問一句，夏天手裡剛剛捏的是什麼？」

「空氣。」

「什麼都沒有。」

一人一句，答案都一樣。

誰讓夏玄允跟曾治木的意志如此堅決，態度如此瘋狂，害得他們也在懷疑究竟是不是自己有問題。

馮千靜望著昏迷的夏玄允，他依然是一臉痛苦的神情，再看滿身的刀傷，只覺得無名火燒得旺盛，雙拳緊握，她不知道自己有沒有辦法繼續忍受下去。

「別想去找李維杰，妳會犯罪的。」毛穎德彷彿她肚子裡的蛔蟲。

「已經開始自殘了，元陵翔不就是這樣嗎？然後呢——」她怒不可遏的大吼著，「已經第五天了！我們卻連個書架都找不到！」

「是第十三個書架。」郭岳洋還有空糾正，「符合條件的並不少，短時間內根本不可能找到……」

洪渝靖緩緩上前，「喂！我說你們爲什麼也在找第十三個書架啊？」

她跟柳丁並不知道他們的打算，純粹只是發現曾治木的怪異，才知道他走上跟元陵翔一樣的路。

「希望找到書架，尋一個解決的辦法。」毛穎德再不支持，也找不到更好的方法，「求書架不是就能得到方法嗎？」

「喂！那就是利用都市傳說了！」洪渝靖不可思議的嚷著，「那這樣跟對阿翔或是阿木下手的人有什麼不一樣！」

「哪裡一樣？我們是在救他們！」馮千靜挑高了眉，這邏輯太差了吧！

「不是！我意思是說……」洪渝靖皺著眉咬著唇，「如果那個都市傳說實現了李維杰的祈求，那怎麼可能回應你們呢！回應了你們就等於沒成全李維杰了啊！」

馮千靜嘖了一聲，「不試試怎麼知道！我們現在是束手無策好嗎！這個都市傳說統整出來就只有七天的期限，元陵翔也是七天內就死了，我們沒有多餘的時間浪費！」

「我知道你們的顧慮，但是除此之外我們找不到別的方法。」毛穎德望著洪渝靖跟柳丁，「看看他們兩個，今天已經開始自殘了……除非你們有更好的方法，否則只能找第十三個書架。」

柳丁擰著眉思考，他們都經歷過元陵翔的那七天，看著他如何痛苦的撐過七天，最後卻選擇自殺；如果這一切的前提在於「都市傳說」，只是變得更加可怕且毫無道理而已。

「我明白了。」柳丁突然開口，「那我跟洪渝靖也幫忙吧！多一個人就等於多個機會！」

郭岳洋望著他點點頭，的確多個人多一份力量，午夜只有一次，如果大家能分散來找就更好了。

「馮千靜已經設法能讓我們午夜前進去半小時，警衛會放我們通行，所以大家不必守。」毛穎德立刻從口袋中拿出手機，「我們還有幾座，我傳LINE給你們，挑好地點大家就去吧。」

傳好地址後，毛穎德立刻彎身抱起夏玄允，往外走去，柳丁也走回下舖，扛起曾治木，他們兩個都得進醫院一趟。

只剩兩天，郭岳洋為夏玄允扣上安全帶時，豆大的眼淚往下掉……他們卻依然什麼都不知道！

第八章

第十三個書架

挫敗的一天又過去了，這天晚上大家兵分五路，一口氣在五個圖書館的第十三個書架祈願，依然沒有得到任何東西。

夏玄允與曾治木住院一天後被阿姨領了回去，醫生已經判定他們有自殘現象，要家屬多加留意，原本是希望住院觀察，但是夏玄允堅持要求要回家，並且表現正常。

儘管身上有著多數縫合的傷口，他還是一刻都不想待在醫院裡。

他說皮下的蟲仍然在，牠們偶爾會從縫線中探出頭來，他都必須費很大的功夫，才能把動手捏死牠們的衝動壓下去；曾治木沒有他這麼堅強，回到小木屋後，主動請求柳丁將他綁住。

因爲他不能保證，等等會不會拿刀子往身上劃，想把所有的蟲給挑出來。

「死了就什麼都沒有了！活著才會贏！」

那晚他明明這樣對著夏玄允大喊，卻發現要理智根本太難。

只剩下兩個晚上，小木屋裡沉靜異常，夏玄允忍著萬蟲鑽動的癢勁，他眞的覺得自己再也撐不下去。

「夏玄允，我們出去了！」馮千靜臨出門前，不忘回頭踢了踢他的腳，「我回來你敢死就試試看。」

夏玄允虛弱的睜眼，硬擠出笑容，「盡量。」

短短兩個字，他說得吃力。

「好了，我們說不定快找到第十三個書架了，只剩三個。」毛穎德蹲下身子，緊握著他的手，「你一定要告訴自己那是幻覺，真的不要再被牽著走了。」

夏玄允望著他，明明是笑著的，眼淚卻滑了下來，「毛毛，我好累……」

他們不懂，在他身上清楚的感覺得到，有無數隻蟲在他身體裡鑽動，之前不痛沒有感覺，但現在不同了，他們在身體上爬行的癢清楚可辨，他好想將牠們全部刨出來啊！

一條接著一條，放肆的蠕動著，這種感覺不只是癢，更是一種痛苦啊！

用盡精神去對抗眞實的感覺，他已經五天沒辦法沉睡、沒辦法吃飯，甚至一再感受到這種恐懼，他幾乎撐不下去了。

「我知道，但是你一定要堅持下去！」毛穎德沉著聲說著，緊緊握住他的手。

「我好想飛……有個地方好漂亮，天空好藍，院子上有綠色的頂……」夏玄允喃喃說著根本聽不懂的話，手一軟竟就這樣睡著了。

馮千靜擰起眉，看著夏玄允這樣慘白的臉，有時都會覺得好像斷了氣；毛穎德爲他蓋上被子，與馮千靜雙雙退出下舖。

「只剩三間，所以你們不必去了，看著他們吧！」郭岳洋交代柳丁，「千萬千萬不要讓他們拿到刀子。」

「放心好了。」柳丁說著，瞟了一眼廚房，刀子早已盡數收起。

稍晚阿姨跟姨丈也會過來，阿姨每天以淚洗面，煮好的飯菜再豐盛，曾治木或是夏玄允卻還是一口都嚥不下去。

三個人再度離開小木屋，毛穎德等人的情況沒比病人好到哪裡去，幾乎全是靠意志力在支撐。

「我說眞的，萬一這三間再落空的話……我們就來不及了。」一出門，郭岳洋就說了令人沮喪的話。

毛穎德沉吟著，不知道爲什麼，他並不覺得第十三個書架在剩下的這三間圖書館。

他腦海裡不停回想起，在縣立圖書館見到的黑色結晶體，它們在地毯上滾動著，沙喀沙喀，他還聽見窸窣聲，事實上每晚午夜，每次要祈禱時，他都會聽見那種在耳邊說話的聲音。

是某個人在祈禱，這幾天下來他幾可亂眞已經認定，午夜十二點時的祈求，姑且就說是李維杰吧，是他在對書架祈求。

他也沒忘記黑色結晶的人影，在書架前誠心禱唸……那個景象、那種令他全身發寒的感覺只在那裡出現過，爾後幾間圖書館或有詭異的現象，但都不至於讓他覺得毛骨悚然。

還有黑色的結晶，他之前見過一次，由於不是靈異體質所見有限，但是上一次看到那個，是在跟馮千靜玩「一個人的捉迷藏」時……那種不得已嘗試都市傳說的後果，滿屋子的黑色結晶，龐大的壓力與邪氣。

他至今仍不覺得那是好東西，在那個都市傳說中他都看見了，這次的也不該會是好事。

可是，那天他們在縣立圖書館裡，什麼都沒得到啊！

「真的不能去威脅李維杰嗎？」馮千靜還是在堅持這一點。

「他不會說的。」郭岳洋再次駁回，「我們不能犯罪。」

馮千靜不耐煩的做了個深呼吸，「我們是在瞎子摸象你們知道嗎？」

「我想……再去縣立圖書館一趟。」毛穎德終究還是說出了自己的想法。

「縣立？第一天那個？」郭岳洋皺眉，「我們那天試過了，不過話說回來……那間圖書館有好多個第十三個書架。」

「我就是覺得怪……」毛穎德偷偷瞄了馮千靜一眼，他需要支持。

「我也覺得怪。」馮千靜立刻回應，「還有時間，不然我跟毛穎德先去那個圖書館，郭岳洋你挑一間去看？」

「也只能這樣了。」郭岳洋的表情變得很嚴肅，「如果今天再找不到，我想要把夏玄允他們都綑起來，大家守著他們度過第七天。」

「第七天後呢？蟲真的會破蛹而出嗎？」毛穎德憂心忡忡的說著，「這只是自殺跟他殺的分別你知道嗎？這麼大的東西從脖子跑出來，情況也是一樣的！」

「那也不一定啊！」馮千靜倒是抱持不同看法，「還沒人活過第七天不是嗎？說不定還有時間。」

「好了，今天午夜過後再說。」郭岳洋跟他們道別，三個人開兩台車，依序的離開這湖光山色的木屋旁。

馮千靜想起寶貴的春假，原本應該愜意的在這兒烤肉度假的，現在卻是這般的精疲力盡。

疲累的闔上雙眼，她腦海裡總會出現那天在元陵翔房間所見……鋪天蓋地的蛾，飛往那綠色棚蓋的院子。

爲什麼飛到那裡去？那些三對翅膀詭異的蛾眞的存在嗎？就是夏天體內那些

噁心的蟲形成的嗎？

叭——突然一個緊急煞車外加大鳴喇叭，馮千靜整個人往前撞！

「什麼！」她下意識防禦，嚇出一身冷汗！

「搞什麼！」連毛穎德都忍不住破口大罵。

車子緊急煞住，一個女孩倒在引擎蓋上，歪斜的身子以隻手撐著，也是一臉花容失色。

「對、對不起！」她直接哭了起來。

毛穎德即刻鬆開安全帶走下去，馮千靜也跟著下車，看見女孩腳踏車斜靠在車前，狼狽的卡在車上，書包掉落在地。

女孩穿著制服，跟曾治木同一個學校。

「對不起，我轉彎的時候太不小心，眞的……」她慌張至極說著，一邊擔心的看著車前蓋，深怕刮傷要賠償。

馮千靜看了一下時間，還沒放學，再跟著回頭看著這條小徑，這裡都是曾治木家的地，會彎進來的人應該是刻意要找曾家的啊？

「妳來找稱曾先生？曾太太？還是曾治木？」她主動問了。女孩一怔，詫異的回首看著她。

「我、我找……」她支支吾吾的欲言又止，緊握龍頭的手看起來很緊張。

馮千靜主動上前，爲她扶正腳踏車，「妳先下來吧，看看有沒有受傷。」

女孩用力搖了搖頭，「我想找曾治木的表哥，還有……你們。」

「我叫毛穎德。」毛穎德即刻上前，禮貌的朝女孩伸出手，好讓她穩妥的下車，馮千靜幫她拾起書包，將腳踏車牽到路邊架妥。「有什事妳可以跟我們說，我們正在找第十三個書架。」

女孩被帶到了一旁，郭岳洋的車早駛出外頭停下，再緊張的折返跑了進來，一看見裡頭的狀況有些錯愕。

「阿木的同學。」馮千靜指指女孩，簡單的說。

「我不是他同學……我們不同班，我叫陳羽瑍。」女孩趕緊開口，「我來是想說一件事，不知道對阿木有沒有幫助。」

「請說。」毛穎德其實心急如焚，郭岳洋焦急的跑到她身邊。

這下被人圍著，陳羽瑍顯得有點不自在。

「我跟李維杰同班，那個他喜歡我的事你們應該有聽說了吧？但是我喜歡……我喜歡過元陵翔。」說到元陵翔的名字時，她的眼神沉了下去，「我是爲了阿翔而來的，前兩天我聽到洪渝靖跟李維杰爭執，又提到阿翔是被害死的，所以我才——」

加上那日偷聽到他與曾治木的談話，已經兩個人都認定是李維杰害死元陵翔的了！

「他的確是被害死的，我們想是第十三個書架的關係，妳知道什麼嗎？」郭岳洋口吻溫和卻說著極殘酷的話。

「我不討厭李維杰，但是如果是他去找『都市傳說』害死阿翔的話，我覺得那就太……過分了。」她頓了頓，「所以……我想我可能知道他去過哪個圖書館。」

咦？三個人六隻眼睛燦燦發光，下意識逼近了她一步。

陳羽瑍嚇得縮肩，後頭是樹叢，她快退無可退了，咬著唇看著眼前的人們，緊張的絞著衣角。

「哪裡？」郭岳洋焦急的問著。

「我……我的書包……」她抖著聲音瞄向馮千靜手上的書包，她一把扳開郭岳洋，把書包遞給她。

「退後退後，是想把人家吃了嗎？」馮千靜嚷著，一邊也把毛穎德推了向後，這女生是內向型的，「對不起，我們是有點急，因為現在阿木的狀況很糟，再找不到第十三個書架的話……」

陳羽瑍從書包裡拎起一個巫毒娃娃，「這個，是李維杰前幾天送我的。」

三個人望著那可愛的巫毒娃娃，實在不知道這是什麼意思？「哪間圖書館的周邊嗎？」

「這個很有名啊，你們不知道嗎？」陳羽瑍天眞的以爲他們一看便知，「這攤手工很精巧，每個巫毒娃娃都是獨一無二的，只有在縣圖書館外的天橋上才有賣！」

縣圖書館？這名字眞是太過熟悉，熟悉得毛穎德他們面面相覷，還眞的是那間最大的圖書館！

「我們學校離縣圖書館很遠的，坐公車也要快一小時，李維杰的家在學校附近，沒有理由特地去那裡。」陳羽瑍捏著巫毒娃娃，輕柔的聲音裡帶著忿怒，「我去看過第十三個書架的都市傳說網站……第十三個書架必須是圖書館裡的書架，所以我覺得他去過那裡。」

「謝謝！」郭岳洋激動的握住她的雙手，「眞的超謝謝妳的！」

陳羽瑍嚇得猛眨眼，望著被握著的雙手緊張的緊繃著，「我是爲了阿翔……還有他的好朋友。」

「無論如何妳幫了大忙。」馮千靜微笑上前，一邊把郭岳洋拉開，「謝了！」

郭岳洋二話不說立刻往前奔去要開車，毛穎德也回身往車子旁邊去，「同學，妳快回家吧，希望大家能因爲妳而得救。」

「那個……如果真的是李維杰的話！」她緊張的大喊，「他會怎麼樣嗎？」

拉開車門的毛穎德頓了頓，複雜的回首，「妳擔心嗎？」

陳羽琠皺起眉，顯得很矛盾，「我只是不希望任何人受傷害……可是如果阿翔是他害死的話，我──」

「都市傳說自有它的邏輯，這個我們管不到也沒辦法。」馮千靜打斷了毛穎德與她的對話，「我們現在只希望阿木可以平安，對吧！」

陳羽琠深吸了一口氣，難受的點點頭，「那個車子……」

「沒關係，不是我們的車我都沒關係！」毛穎德揮揮手，「妳快點回去吧，別讓李維杰知道妳來過這裡。」

她再度用力點頭，趕緊牽走腳踏車，其實她今天一整天都請病假，猶豫了好久才過來的。

她知道李維杰很喜歡她，那種被人喜愛的感覺很珍貴，但是她喜歡元陵翔的情感更珍貴，雖然阿翔拒絕了她，但不代表她的感情不存在；她曾說出只喜歡頭腦好的人，但那只是敷衍李維杰的藉口，她好怕是因爲這種原因，讓李維杰去尋找「都市傳說」！

看著車子自眼前駛離，她望著手裡的巫毒娃娃，哽咽著收進了書包裡。

縣圖書館，他們曾祈求過的第一間圖書館，當時沒有任何結果。

毛穎德在這裡看到了詭異的現象，被陰森的氛圍嚇得全身發寒，所以他一直覺得這裡藏有訊息；加上圖書館大到有太多個第十三個書架，他們當日說不定選錯了書架也不一定。

重新回到縣圖書館，他們認眞一行一行找，面對這麼多第十三個書架，卻沒有任何線索指向眞正的本尊。

「這麼大到底是哪一個？」郭岳洋心急如焚，「上次我們挑了三個，今天就算再挑三個也來不及！」

「我也一直覺得是這裡，現在連陳羽瑍都證實李維杰來過這附近……」毛穎德在書架中走著，「至於哪一個的話……」

那天他看到了什麼？他緊鎖眉頭想循著記憶去找，當時他是在哪個書架下呢？黑色的結晶體是朝哪邊滾動的？後面對吧？還是……那個晶體男孩的背後放了什麼書？他應該要想起來啊！

馮千靜茫然的站在一大堆書架中的走道，這麼大片她看了只有不耐煩，就算知道了這兒有極大的可能是第十三個書架存在之處，但是這麼多的書架，還不是死胡同！

她直接走出書架區，說不定樓上還有更多的書架……噢，天哪！不要再多了吧！

在元陵翔家時，她好像也看過在書架前祈禱的背影，黑暗中只有那個書架……書架上流洩著詭異的銀色光芒，那個書架長得怎麼樣呢？元陵翔是不是希望讓她知道究竟是哪一個？

能不能清楚點啊，大家說話做事都不明確，上次那個半夜亂逛的小女孩也一樣，有話就不能好好——咦？馮千靜倏地從書架縫隙中，發現二樓有抹影子，那身高感覺有些似曾相識！

她疾步朝櫃檯的方向直走而出，那個好像是元陵翔啊！

櫃檯上方便是二樓的小陽台，她衝出去時卻沒有看見任何人，但是剛剛她眞的看見籃球衣了！那件衣服就是元陵翊剪貼與她合照的那張！

櫃檯後方左右兩邊都有往上的樓梯，她逕自繞了上去；縣圖的一樓是中空且挑高四層樓高，也就是說一樓是廣大的書架區外，可以同時看見二三四樓，她跑上二樓，站到了剛剛看見人影的位子。

正下方是在忙碌的櫃檯，往下眺去可以看見一大片的木製書架區，方型的圖書館前後左右都長得差不多，平視正前方遠處也是二樓的另一邊，往上三樓、四樓……每一個地方的圍欄她掃視一遍，就是沒有再看見那身籃球衣的蹤影。

雖然書與櫃子頂端的縫隙不大，但她不至於眼花吧？

那身球衣跟樣子，就跟他貼在書桌前與她報導合成的衣服一模一樣啊……馮千靜噘起嘴托著腮，唉，看著下頭這行行列列的書架，每一行每一列都有第十三個，他們該從何挑起？

只剩下兩個夜晚，除非今晚動用幾十個人，來這裡進行午夜祈求！

馮千靜抽口氣，這或許不失一個辦法，她動用她的人脈，請大家來接觸都市傳說嗎……還是利用都市傳說的社團，願者上勾？雖然不知道後遺症是什麼，可是眼下緊急的是夏玄允！

好！如果要召集人馬的話，她需要幾個人？馮千靜扭頭再往樓上去，她打算從四樓的地方俯瞰更清楚，算算究竟有幾個第十三個書架，再扣掉那天晚上他們祈求過的三個，看看能不能在午夜前揪到這麼多個人！

一二三……她瞇起眼細數著，不只是直排的第十三個書架，看來橫列的也要計入，還有……咦？

馮千靜漸而圓睜雙眼，等等，她剛剛是不是算錯了？慌張的握著筆，一個個再算了一次，她要計算的應該是需要幾個人，但是——

毛穎德站在櫃檯前，拼命的朝上方的她招手，剛繞了一圈找不到人，這傢伙居然跑到樓上偷閒去了！

怎麼一臉呆樣啊？這種裝扮已經很拙了，她現在還張著嘴一臉痴呆樣！

唉，毛穎德拿出手機，正準備打給她的時候，突然見到馮千靜一臉慌張的東張西望，然後目光終於鎖住了他！

「上來！」她用嘴型激動的說著，邊招著手，「快點上來！」

怎麼回事？馮千靜不是這種激動派的人……她是暴力派的，但是現在看上去彷彿發生了什麼急如星火的大事！

毛穎德也沒來得及跟郭岳洋說，直接從櫃檯後方的曲梯一層層上去，才到四樓，馮千靜居然已經急著在樓梯口等他了！

「怎麼了嗎？」

「你過來看！我本來想要統計出需要多少人一起來做午夜祈求，直接揪社團的人過來，一口氣把每個第十三個書架都祈禱一遍……」

「午夜祈求時要獨自一人的，太多人的話傳說不一定會現身。」毛穎德不急不徐的打斷！

「噢！不是啦！」馮千靜低吼著，拽著他到櫃檯正上方的位子，「你看！看？毛穎德站在那位子，只覺得眼花撩亂，縣圖眞不是普通的大，居然如此多藏書，書架密密麻麻！

「每行每列統計出來的數字是……二十五。」她指著擱在牆頭的筆記本說著，「書架區是正方形的。」

「正方形的……對耶，二十五的話……」毛穎德看著偌大的圖書館，的確是正方形的排列，再低頭看著馮千靜做的紀錄。

每行的第十三個書架，她用了一個紅圈，最後在行的尾端寫下所需人數；每列的第十三個書架圈了藍圈，也寫下了數字。

紅圈與藍圈，最終有一個交會點，在這片正方形書架的正中間。

「十三……」毛穎德瞬間狠狠倒抽一口氣，「二十五的一半是十三，難道說——」

他倏地抬首，搶過馮千靜手上的筆，爲了精準的一個個算著樓下書架的排列，橫也十三、直也十三，從頭算起、從尾算起都是十三的交會點——正中央的十字交錯！

「馮千靜！」毛穎德顧不得這裡是圖書館，爆出了喜悅的叫聲。

「嘿！」她笑開了顏，右手緊握飽拳高舉過頭。

毛穎德使勁的握拳往她拳上敲去，心中的大石放下了一半，狂喜的心情排山倒海而來！

找到了，第十三個書架！

從來沒有試著這樣走過一次。

馮千靜很閒的選擇某端的直排開始數數兒，一邊走一邊算著，一、二、三、四、五……郭岳洋愉快的從另一端的橫列開始走，也一邊走一邊數。

毛穎德站在所謂「第十三個書架」這邊，細細打量這個光是靠近就足以讓他汗毛直豎的書架。

那是說不上來的詭異，檀木製書架，高約兩百公分，寬有一百七十公分左右，共分爲七層，放置六大類書籍，書本密密麻麻或高或低的擺放著，每一層架的高度相當高，書本置於其內皆觸不到頂。

單層約有超過一本A4的高度吧，毛穎德計算著，而這七層書與頂層的空隙，彷彿七雙眼睛般，有著扎人的視線盯著他！

這是很詭異的說法，他不知道該怎麼解釋，第一次到這個圖書館時，也感覺有人盯著，不是書架本身、不是這些書，而是書與頂層的空隙……或是遙遠的地方有什麼透過這些隙縫偷看著他們。

明明是木製的書架，卻偶有銀光流洩，他不知道那是銀色光芒，還是黑色結晶上的光亮，如水波紋般優美滑過，令他背脊發涼。

不愧是「都市傳說」，「第十三個書架」眞是名不虛傳，這橫看豎看，都不會是一般普通的書架。

「十三！」馮千靜跟郭岳洋兩個人走到他身邊會合，咯咯笑了起來。

毛穎德皺起眉，這兩個居然還有心情說笑，前後左右都走了一遍了，正方形就是正方形，走八百遍這邊依然還是第十三個啊！

「喂，圖書館。」他沒好氣的唸著。

CORRECTIONS
WORLD

「我們又沒很大聲！」馮千靜挑高了眉，「而且已經閉館了好嗎！」是啊，圖書館早已閉館，現在又是馮千靜動用她的人脈，拜託警衛讓他們待到午夜過後的。

所以現在這裡面，只有他們三個人。

「好不容易找到第十三個書架了，你怎麼一點都不高興？」郭岳洋不解的看著毛穎德，他一整晚都不知道在思考什麼。

「這是都市傳說耶，郭岳洋。」毛穎德指著眼前的書架，「現在就立在你面前。」

「我知道啊！」郭岳洋的聲音都快飛起來了，「就是這樣才令人感到興奮啊！」

啊……對！如果直接面對「都市傳說」，郭岳洋跟夏玄允原本就是一掛的，簡直應該用欣喜若狂來形容才對吧！如果可以的話，他說不定會想把整個書架搬回去給夏玄允看，順便再載回去學校社團當鎮社之寶。

眞是夠了！

「我以爲都市傳說應該代表危險吧？我的天哪！郭岳洋，你上次還差點掛掉耶！」毛穎德簡直難以想像，怎麼有人跌倒不會痛的？「你忘了嗎？要不是馮千靜，你現在說不定……」

「記得啊！怎麼忘得了！那眞的是很可怕的歷程。」郭岳洋深吸了一口氣，「可是也更顯露出都市傳說迷人的地方……」

毛穎德默默的轉向站在一旁的馮千靜，她雙手一攤，夏玄允跟郭岳洋就一直都這樣啊，有什麼辦法！

「要妳再玩一次一人捉迷藏，玩嗎？」他突然扔出這句話。

「免談。」馮千靜拉下臉。

「再去會一次紅衣小女孩？」

「做夢。」更決絕。

「但是等一下，我們全部都得再玩一次一個人的捉迷藏、都得再見一次紅衣小女孩——」毛穎德指向了書架，「這是詭異的都市傳說，我們必須向它祈求，哈囉？忘了嗎？」

一瞬間，郭岳洋的欣喜被冰凍，馮千靜屏氣凝神，不由自主的瞟向了那看起來溫和無害的書架。

對，找到是好事，但接下來就是正面衝擊都市傳說的時候了。

「網站上都只有寫書架的回應與願望成功，那些使用都市傳說的人怎麼了，沒人知道。」馮千靜也仔細看過那個網站了，「大家幾乎就只是貼上訊息，像是一種宣傳……後面的事不明。」

「都市傳說本來就是不要遇到比較好，我們現在還要去接觸、去祈求。」毛穎德望著那書架，又有光線在流轉了，書架彷彿正聽著他們在說話。

再仔細聽，他們的說話聲在空曠的圖書館裡似有迴音，也似乎還有別人在說話。

毛穎德說完後，陷入了寂靜，郭岳洋被拉回現實，這個都市傳說再迷人，接下來會發生什麼事沒有人能預料！就算現在看李維杰好好的，也不能斷言未來會不會有狀況。

馮千靜只是倚在第十四個書架，瞪著第十三個書架，她對這個書架沒有什麼崇拜之情，會讓它立在這兒純粹只是爲了救夏玄允跟曾治木而已，否則她對這種危害性這麼大的都市傳說，只有一種感覺——

不爽。

只要想到夏玄允食不下嚥的痛苦、摀著耳朵慘叫、拿刀往自己身上割還捏著無形蟲的模樣，她就想要拆掉這個書架，或是把李維杰扔到擂台上打一頓。

怎麼會想求「都市傳說」呢？腦子有洞嗎？

話雖如此，但是他們卻也只剩這一條路——第十三個書架救夏玄允。

沙沙……毛穎德下意識回首，只看到一個個相疊的書架，但是他一直覺得有足音，有人在某個轉角處偷窺；在高大的書架中間，他們是極其渺小的，事實上哪個角落想躲個人，他們都無從得知。

「祈求時旁邊不能有人，得要獨自的祈禱。」毛穎德再次開口，「你們就到外圍去吧，至少把距離拉開。」

「咦？」郭岳洋怔了一下，「你要祈禱嗎？我來吧，我想幫夏天的忙，而且你知道我很愛都市傳說的！」

「不行，接觸之後的事情你應付不了的！」毛穎德斷然拒絕，「郭岳洋，你的身體跟精神狀況都不夠強大，之前我們已經有經驗了！」

「我……」

「爭什麼，你們有我來得強大嗎？」靠在第十四個書架的女人開口了，「哪次遇上『都市傳說』不是我出力最多！」

唔……毛穎德跟郭岳洋看向那個外表邋遢、但現在卻氣勢逼人的女生，一句話都無法反駁。

郭岳洋還曾被她解救過，毛穎德雖然幫過馮千靜，但是很多危急狀況，她都是最臨危不亂……或是能壓制一切的人！靠的不只是勇氣、「技巧」，還有——過人的信念。

她，絕不認輸。

不管對方是什麼，她的人生沒有認輸這兩個字。

「我早就打定主意了，我來求，有什麼後果我來擔。」馮千靜摘下眼鏡，從手腕上拿下髮圈，開始梳紮著高馬尾，「不要把我想成對朋友犧牲的偉大者，我純粹只是覺得自己比較禁得起後遺症罷了。」

單純就之前的經驗，還有她個人的信念罷了。

她從來就不喜歡「都市傳說」，不管哪個都沒喜歡過，不管是找上門的、被牽扯到的都一樣，她只知道會痛苦、會危險、會見血，而且會有人因此付出生命！

但是那個人絕對不會是她！

馮千靜拉開拉鍊，脫下了那件寬大不合身材的外套，裡面是精實健美的好身材，一如元陵翔房間海報上的那個格鬥者般。

「我討厭面對不知道的東西。」她轉頭望向毛穎德，那眼神根本銳不可當，「面對危險是我的專長，我絕不逃避，更不輕言認輸！」

喔喔喔！格鬥者小靜的名言現了！郭岳洋一雙眼閃耀如水晶鑽石子，「格鬥者小靜」一直以來都是他的偶像啊！現在活生生在眼前，發出那種氣勢如虹的光芒，彷彿小靜即將要站上擂台，來一場精彩絕倫的廝殺了！

「知道。」毛穎德朝她豎起大姆指，「就拜託妳了。」

他不是不英雄，讓女孩子去做這種危險的事，是因爲如果跟馮千靜爭，有危險的會是他。

毛穎德拽過了郭岳洋，沒看到時間已經在倒數了嗎？午夜十二點即將來到，祈求就要開始。

馮千靜扭扭頸子、折折手指，挑準了最左邊角落的層架單膝跪下，她可是很誠心的，無論如何都不能讓夏玄允或是曾治木走上自殺一途。

噹——第一聲鐘聲，開始敲響。

第九章 瘋狂的幻影

「請解開夏玄允與曾治木的詛咒，請讓他們恢復正常，請解救他們。」馮千靜闔上雙眼，虔誠的說著，「請解開夏玄允與曾治木的詛咒，請讓他們恢復正常，請解救他們。」

鐘聲在偌大的圖書館裡迴盪著，迴音陣陣，毛穎德跟郭岳洋站在外圍，郭岳洋也跟著雙手合十認眞祈禱，然而毛穎德再次聽見窸窣的說話聲，一如之前每個午夜，只是今天，多了馮千靜的聲音。

他聽到的果然是祈禱聲，每天午夜，那個詛咒夏天的人都會再許一次嗎？

沙……他往地上看去，左前方走道的紅色地毯上，再度有著東西在滾動……黑色的細小石子，無風的捲動著。

他瞥了一眼認眞祈禱的郭岳洋，邁開腳步輕聲的跟著那些黑色捲動的結晶石走去。

它們是極其微小，滾動的迅速，沙喀沙喀，在每個垂直的路上任意滾動，毛穎德維持一定距離的跟著，看著它們忽左忽右，迂迴曲折，最終還是停了下來……他軋然止步，因爲他已留意到自己逼近了第十三個書架。

黑色的細小結晶石順著第十三個書架往上走著，它們密密麻麻的覆蓋住那檀木打造的書架，遮去溫暖的原木色澤，取而代之的是深沉黑色，至少單單就他所能看見的右邊角落，瞧見的是黑得令人發寒的架子。

最後一聲鐘聲響畢，啪噠一聲清楚的從馮千靜面前傳來。

她睜眼，看見落在腳前的一個本子。

耳邊傳來疾走而來的腳步聲，來自正右方，毛穎德有點緊張的跟著轉過去，郭岳洋太心急了。

「不要動。」馮千靜冷冷的開口，嚇得郭岳洋及時煞車，「誰都不准過來。」

她這麼說著，沒有人敢輕舉妄動。

馮千靜沒有立刻拾起眼前的書本，只是仰首看向眼前的「第十三個書架」，她不是瞎子，也沒有健忘，那溫潤的木頭架子，什麼時候變成鋼琴般發亮的書架了？

再遲頓也知道這書架真有問題，真慶幸他們找對了！

拾起掉落的書，狐疑的近鼻嗅聞，令人意外的是這本書竟然也散發著檀香氣味！這或許就是網站上大家提到的「書架指示」，馮千靜謹慎的翻閱，赫見自己的字跡竟然在書上頭！

哇喔！她瞪圓雙眼，不可思議的看著每一頁的字，全部是她的字耶，真是太神奇了，彷彿她自己用筆寫了一本書！

首先，當妳祈求時就已經與我建立了牢不可破的契约，我將助妳完全祈願，但是妳不能將内容、细節，透過任何方式給第三者知道。

妳必須公開妳已得到我的回應，並於開始實行指示那天公告周知，最後在願望實現時也必須公開；這不是洩露契约内容，而是讓更多人知道我的存在。

只要透露給第三個人知道，妳的願望非但不會實現，並且會詛咒纏身，原本降臨在他人身上的詛咒會降到妳身上，妳必須代替事主受苦。

開始做之前，妳必須想清楚，祈求了就一定要做，只要照著書裡的指示，願望一定會實現；但萬一沒有實現，無法想像的後果也將由妳自己承擔。

如果後悔祈願，降臨在他人身上的詛咒也會纏上妳，妳將走上滅亡之路。

第十三個書架，沒有後悔。

廢話眞多。馮千靜看著「前言」，這根本就是穩贏的局面，雖然早知道「都市傳說」沒什麼好事，但是看見這些規則就很令人厭惡。

總之就是不要向第十三個書架求事情就對了，求了就不能後悔，不想做會死，做了別人會死，萬一願望沒成功又是自己倒楣，還眞是包贏的！

擰著眉再看清楚每個字後，馮千靜翻到下一頁，期待著指示。

「靠！」

夜深人靜的圖書館，原本屛氣凝神在等待的兩個男生，突然聽見了怒不可遏的咒罵聲。

「這什麼東西啊!!毛穎德！」馮千靜大叫著，他趕緊右轉後，筆直抵達第十三個書架。

書架還是黑的，檀香氣味竟益發濃烈，而且似乎在波動……視線明顯得可怕，書架不是在看著他們，是在瞪著他們啊！

毛穎德站在路口有點遲疑，但看著馮千靜拿著一本書站在尾端，還是鼓起勇氣往前走了進去，「郭岳洋站在外面不要進來。」

咦？郭岳洋都已經在另外一排的第十三個書架了，看著正前方的他們，爲什麼要排擠他啦！

「你自己看！」馮千靜拿著本子遞上前。

毛穎德皺眉，「這我可以看嗎？」

「不行，給第三者知道我會倒楣的。」馮千靜挑高了眉，一臉慍怒，「不過我橫豎都已經倒楣了，我唸給你聽！」

「馮千——」毛穎德來不及阻止，馮千靜的怒火滔天啊！

「我不可能解開我的詛咒，因為我必須完成前一個人的願望！」馮千靜一字字揚聲唸著，「妳的祈求我無法應允，請自己負責！」

什麼？郭岳洋瞠目結舌，這是哪門子的答案？

「他……果然不會破壞跟前人的約定！」毛穎德心涼了一半，「這就是李維杰對阿木說過的，找到了也沒用！」

他們早就知道，因爲書架已經應允前一人了！

「你知道求了就一定得做嗎？要不然換我被詛咒，我跟別人說也是我被詛咒，現在完全不能救夏天他們，我不是被詛咒定了嗎？」馮千靜氣急敗壞的一抬腳，使勁踹了書架一腳，「雖然早有心理準備，但這種方式爛透了！」

砰！書架被狠狠踹上，毛穎德嚇得倒抽一口氣，立刻拽過馮千靜就往外衝！

那書架震顫，砰磅一聲，上頭黑色的結晶俱碎，啪啦啪啦的掉落下來，碎成一地！

郭岳洋嚇得直往後退，因爲毛穎德跟馮千靜都退到這條路上來了，他們看著黑色碎結晶落地上，沙沙的疾速飛走，彷彿盛怒般的到處衝撞著書架！

「凶什麼啊！我都沒凶你你凶什麼！」馮千靜怒不可遏的嚷著，「你等著看！夏玄允不會死、曾治木不會死，就連我也絕對不會輸！」

「我馮千靜，絕對不會輕易認輸的！」

某個瞬間，馮千靜陡然清醒，跳開了眼皮。

她躺在上鋪，木屋裡燃著小燈，耳邊傳來低語聲，是阿姨跟姨丈在守夜。

他們今天從縣圖回來後，她因爲發過脾氣後變得很累，加上最近根本沒睡好，身體也快撐不住，洗好澡便先就寢；把本子扔給大家看，她懶得管這麼多，只顧著警告他們絕對不准讓一個木頭的書架稱心如意。

爲了迎接可能發生的事情，她必須養精蓄銳，沒時間再跟大家耗，所以早早翻身上床睡了。

明明一閉眼就昏睡怎麼會突然醒來？現在是幾點？馮千靜想翻身拿手機，卻發現身體竟動彈不得！

等等……她用盡全身氣力想要動一根手指，竟徒勞無功——難道是……

望著離臉部只有五十公分的天花板，曾幾何時，竟然爬滿了一堆的蟲！她瞪圓著眼看著那些蠕動的蟲，讓沒有密集恐懼症的她看到都覺得噁心！

毛穎德！毛穎德沒感覺嗎？這不算正常吧，難道他也睡死了？毛穎德！

啪噠！突然間，有一隻蟲像抵擋不住地心引力般，直接落上了她的臉，馮千靜緊閉眼睛，直想尖叫的把那蟲給打掉，但是她就是動彈不得！

卑鄙！這太不公平了，哪有在對戰時，有一方完全不能動的啊！這根本是挨打的局面啊！

長蟲們擁擠著蠕動爬行，最終因爲重疊而一隻隻跟著掉下來，簡直像是在臉上下起了蟲子雨……天哪！好噁心好噁心！馮千靜完全無法承受這種滿臉都是蟲的感覺，更別說有的還掉進她的頭髮裡、她的脖子……等等，想鑽進哪裡啊?!

沙……耳邊忽然傳來詭異的聲音，馮千靜僵直了身子，她聽見蟲在她枕上爬行的聲音，沙沙，一寸一寸的蠕動著，捲起身子再平放，然後爬上了她的耳朵！

來了！馮千靜倒抽了一口氣，這就是夏玄允他們遭遇到的事情嗎……天哪！眞的是說不上來的恐懼感，她完全能體會這種令人抓狂的感覺，兩邊耳朵都有蟲開始鑽入，牠們一寸寸的往裡爬，一進耳道她就可以聽到瞬間放大的爬行聲！

滾出去！走開啊——走開——感受著冰冷軟爛的觸感不停的在耳邊、進入耳道，馮千靜內心已經尖叫過無數回卻依然動不了、叫不出聲，聽著極大的爬行聲在腦子裡迴盪，那是種可怕的感覺，好像自己的耳腔、鼻腔裡都有一大群在蠕動的蟲子！

「哇啊——啊——」某個瞬間，束縛立刻解開，馮千靜在狂叫中一骨碌坐起身！「啊啊啊——」

帶著忿怒與歇斯底里的嘶吼聲，嚇到所有醒著及睡著的人，原本在低語交談的阿姨、姨丈傻在客廳不知道該怎麼辦，睡在對面上鋪的毛穎德簡直是彈起來的，慌亂的望著對面的馮千靜，她掩著耳朵，不停的嘶吼著。

「開燈！」郭岳洋從下鋪爬了出來，睡眼惺忪的人們面對突如其來的叫聲根本反應不及。

毛穎德仔細看著手腳並踢、瘋狂吼叫又翻滾的馮千靜，緊掩雙耳的模樣，那種不歇止的慘叫，跟夏天他們幾天前如出一轍啊！

「怎麼回事？」柳丁沒見過這場景，是滾出來的，慌張的往上看著，左顧右盼。

「開始了。」毛穎德爬到床尾，往下望著郭岳洋，「她跟夏天他們一樣了。」

郭岳洋立時明白，不安的回頭看著下鋪裡那兩張憔悴慘白的臉，夏玄允跟曾治木自然都醒來了，只是他們已經虛弱到彷彿只剩個空殼存在。

「跟我們一樣？」夏玄允緩慢的爬出來，他眞的得用爬的，「什麼意思？」剛剛大家回來時，夏玄允跟曾治木都在沉睡，柳丁說他們今天睡了一天，難得有平靜的日子，所以誰都沒吵他們。

因此，他們也不知道大家找到第十三個書架，祈求成功……也或許是失敗的例子。

曾治木跟著爬出，他害怕的看著上方的人，又踹牆又踢床板，總是叫到沒力後換口氣繼續吼，他只覺得恐懼。

「蟲子可能也爬進她耳朵裡了。」毛穎德爬下樓梯，推了一下郭岳洋，「跟夏天簡短的說一下。」

郭岳洋立刻蹲下身子，跟夏天說著他們找到第十三個書架的事，夏玄允跟曾治木都瞪圓雙眼不可思議，聽見書架給了指示本後，又不肯回應祈求的部分，忍不住痛哭失聲。

「爸！媽——」曾治木感受到絕望，立刻往父母那邊撲去。

「阿木！沒事！不會有事的！」姨丈上前要抱住兒子，怎知曾治木走沒兩步，砰磅的就摔上了地。「沒事沒事！……爸立刻帶你去看醫生！早應該看醫生的啊！」

「都看過三次了！」柳丁忍不住唸著，「曾爸爸，每次檢查出來都沒有問題啊，真的要讓阿木進精神病院嗎？」

「醫院不只這幾間，我們可以再找大一點的！」姨丈變得相當氣忿，「不該讓他這樣耗時間的，應該……」

「這不能用常理判斷啊！沒有時間讓他再去看醫生了！」柳丁氣急敗壞的嚷著，這種狀況太明顯的怪異了啊！

現場一片混亂，夏玄允不住的哭著，對面上舖的馮千靜依然在慘叫，阿姨跟姨丈抱著倒地的兒子一起痛哭，根本亂成一團。

「小靜不應該……你們怎麼能讓她去拜託第十三個書架……」夏玄允緊緊握著雙拳，「如果上面說不能給第三者知道，她不該破壞都市傳說的規則啊！」

郭岳洋看著臉色死白的夏玄允，實在不好說什麼，「我們根本不知道上面寫什麼，小靜就跟我們說了，她很生氣。」

夏天應該知道馮千靜的個性，更何況那指示本裡根本沒有任何有效的方法，所以馮千靜祈求的瞬間就等於被詛咒了，所以她要講給幾百個人知道都沒差。

毛穎德爬上馮千靜那邊的樓梯，她已經坐定好一會兒，聲音也小了許多。

「喝水。」他丟出一瓶礦泉水到她腳上。

整張臉都埋在膝間的馮千靜緩緩抬頭，一雙噙淚的雙眼向上瞪著他，整張臉都已漲成紅色，雙手依然壓在耳朵上。

「牠們還在爬……」她每個字都在顫抖，是強壓忍耐的顫抖，「我整個腦子都是牠們在爬的聲音。」

「會爬個一兩天，明天可能開始啃噬了。」毛穎德趁著她算清醒時趕緊提醒，「妳應該知道進程。」

馮千靜拼命深呼吸，藉以壓抑那種抓狂的衝動，可是這種忍耐只是讓她全身都在用力、全身都在發抖，扭開礦泉水瓶猛灌，聽著自己吞嚥的聲音裡，似乎有蟲兒閃躲的聲音。

「小靜……」夏玄允撐著郭岳洋站起來，「對不起，都是因爲我們！」

夏玄允仰著頭，看著上舖喊著，毛穎德跳下樓梯，好給馮千靜一點空間；她嚥著口水，每嚥一口，都能聽見蟲蠕動的聲響，忍耐著往前移動到床尾，探頭出去看向夏玄允。

「不關你們的事，是第十三個書架搞的鬼。」她一字一字咬著牙說，「我有心理準備的，放心。」

只沒想到這麼快、這麼恐怖。

「換我去求，我想用別的方法！」夏玄允往前兩步，突然一個重心不穩，磅的往右倒下去。

「夏天！」郭岳洋趕緊上前，走得好好的怎麼跌倒了？

「唔……」夏玄允撐著地板，右手直接撫上頸子，「天哪，我的頭好重……」

嗯？夏玄允掌心觸及頸子，卻突然愣了住，爲什麼他的脖子好像腫起來了？他慌張的按壓脖子，從前面壓到後面，這舉動讓毛穎德不免心一寒。

「啊啊……」樓上的馮千靜瞪大雙眼，她從沒想到，可以看得這麼清楚，「毛穎德，幫我……」

她說著，表示想要下樓。

「夏天你還好吧？到底怎麼走路的？」郭岳洋急切的問著，柳丁也過來想幫忙攙扶。

夏玄允卻只是驚恐的睜大眼睛，倏地推開他們兩個，「阿木！阿木！」

曾治木聞言，從母親膝上撐起身體，滿臉是淚水的回應著，「哥？啊……」

他才撐起，突然手軟般的又栽下去，頭好重喔，他怎麼覺得整個頭好像往右倒似的？下意識也撫上頸子，連曾治木都在一秒內呆住。

夏玄允看著他，急急忙忙的半爬半走的往他身邊去，直接扳過他肩頭，好仔細看著他的頸子。

曾治木的右頸上，有一個凸出物，紡錘形狀，至少有二十公分長，完全凸出於頸子外。

夏玄允完全看傻了，但是在他對面的曾治木亦然，他張大嘴指著夏玄允的右頸，表哥的脖子上怎麼會有一個像蛹的東西──「天哪！」

曾治木忽然打了個寒顫，剛剛那瞬間，腦海裡似乎響起了阿翔的聲音。

「你們是怎麼了？」阿姨對於莫名情況感到慌張，搖著兒子問。

曾治木只是搖著頭，越搖越兇，嘴裡喃喃唸著不可能不可能，下一秒站起身，踉踉蹌蹌的衝進了浴室裡。

馮千靜好不容易下了樓，緊扣著毛穎德的手，她從來沒想過，能這麼清楚的看見夏玄允脖子上的東西。

「結蛹了。」她喃喃說著，「蟲在他們的脖子上成蛹了。」

「什麼?!」毛穎德依然很難相信，因爲在他、在郭岳洋、在柳丁的眼中，看見的都是再正常不過的頸子啊！

站在浴室鏡子前的曾治木悲慘的看著自己的脖子，那紡錘狀的蛹如此明顯碩大，他甚至可以看見自己被撐開的皮膚組織與其下的血管，慌亂的脫下衣服，他的身上已經沒有任何一吋肌膚底下有蟲在爬行。

手臂、身體，就算是腳是背都不見蟲蹤跡，因牠們、牠們已經都擠在這個蛹裡了嗎？

阿翔也曾這樣壓著頸子，幽幽的看著他：

『毛毛蟲，終有一天會變成蝴蝶的對吧？』

不！他不要！不要哇——

違規的懲罰似乎比較重，因爲馮千靜很快的聽見蟲在啃噬她的組織她的腦，最可怕的是——她會痛。

她歇斯底里的在小木屋裡抓狂，見東西就摔，她周遭身邊根本不能有人，郭岳洋跟毛穎德聯手把客廳的傢俱搬空，讓她一個人在那片空地愛怎麼摔就怎麼摔。

但是她尖叫不止，痛得幾乎快要休克，最後是抓扯著毛穎德的褲管，要他立刻送她去醫院。

她要安心，她必須確認眞的沒有蟲在她身體裡！

會痛啊……那種被啃噬的不只是聲音，不只是牠們該死的咀嚼聲，她眞切的感受到痛苦，腦子被吃一塊、耳膜被啃下，甚至鼻腔都有蟲在大快朵頤的聲音，劇痛伴隨而來，她根本無法說服自己是幻覺！

她捲著皮帶的雙手都已經勒出裂口，她要求握著皮帶當一種抓握分神，唇色死白，冷汗直流，毛穎德可以看得出她費了多大的功夫在公眾場合壓抑那種痛楚。

「你……有沒有看出我身上有什麼？」她說話都必須咬牙說，因爲一秒都不能懈怠。

「沒有。」毛穎德誠實以告，「在我眼裡妳就是正常的馮千靜……除了氣色不佳、臉色慘白、強硬忍耐著之外。」

「我……終於知道……夏天他們的感覺了。」馮千靜痛苦的說著，緊皺起眉心，「就算、就算你跟我說是幻覺……我也無法相信……」

這痛楚，這份眞實，只有她才能感受得到。

「別說話了！」他難得溫聲，「報告快出來了，妳再忍耐一下。」

「夏、夏天的脖子，」她簡短的說著，「大……」

「妳是說蛹更大了嗎？」毛穎德負責猜測她話裡的意思，「比昨天晚上更嚴重？」

馮千靜點點頭，「長大……」

蛹在長大，幾乎以不可思議的速度增長，昨天半夜她發作後可以清楚的看見「天涯淪落人」的一切，夏天與阿木頸子上的蛹，他們的痛苦與虛弱，她全部都能體會。

她原本以爲自己能忍，但是沒想到錐心刺骨的痛一直襲來，算全世界都跟她說那只是幻覺，她都不相信。

讓毛穎德帶她來醫院，她想要眼見爲憑……如果眞的什麼都沒有，那她會深深佩服這個「都市傳說」！

「馮千靜。」護士喚著她的名字，毛穎德輕拍著她，他去就好，讓她少移動。

馮千靜就坐在椅子上等待，她闔上雙眼，她只能盡量用冥想的方式讓自己不要這麼在意那該死的啃咬聲，或是錐心刺骨的疼痛。

只是爲什麼閉眼後感覺更加強烈，失去了視覺的分神，她反而聽得更清楚……蟲兒們愉悅的用著大餐，她雙手握得更緊，不管皮帶會如何割開她的肌膚，她都必須忍下去。

『嗚……嗚……』間有哭聲傳來，她不耐煩的深吸口氣，拜託到別的地方去哭！別吵她！

啪噠啪噠，啪啦啪啦……一股風緩速傳至，伴隨著振翅聲，馮千靜眉間蹙起，怎麼會有拍翅聲？

狐疑的微睜眼，她眼前不是醫院不是走廊沒有診間，而是天上地下一片白，彷彿在戶外，有陽光的照耀，她依然坐在醫院的椅子上頭，腳下有著詭譎的擠壓聲；低首一看，竟是成千上萬的蟲海在地上爬行，她急得想縮起雙腳，卻發現蟲已經蓋過了她的腳踝，覺得不管縮起哪隻腳似乎都會掀起「蟲浪」，濺上身就更糟了。

腳下是漫無邊境的蟲海蠕動，空中則是鋪天蓋地的飛蛾，牠們一如那天在元陵翔房間裡看見的，擁有三對翅膀，翅上有花紋，正展翅高飛。

如果這裡是花園，在飛的是蝴碟，她覺得心情應該會好一點？

在漫天飛舞的蛾間，突然看見了陌生的人影，人影背對著她，手裡正拿著刀子，伸長頸子二話不說一刀切開——鮮紅的血噴濺而出，一大堆蟲急忙的往那兒

去。

一個、兩個、三個……馮千靜看著人影一個個冒出，直到她有些熟悉的背影出現——元陵翔！

刀起血落，一樣的結局。

『不必忍吧？』冷不防的，她的身後傳來陌生的聲音，『很痛吧，妳可以再來一次啊！』

馮千靜沒有回頭，只是聽著。

『再許一次如何讓妳的詛咒消失……或許我會幫妳喔！』那聲音帶著訕笑，她身邊空著的椅子上，忽地出現一落黑色的書本，堆得比她還高。

她別過頭，又不是白痴，只怕這根本就是陷阱！

『別怕。』冰冷的東西忽然塞在她手裡，『只要不讓蛾飛出來，就沒事了……』

馮千靜低首看著自己的掌心，竟然是一柄刀子。

『只要不讓牠們破蛹而出，就什麼事都沒有了……』聲音悠悠遠遠，『不要忍，千萬不要忍……』

煩不煩啊！馮千靜使勁的丟掉自己手上的刀子，順道推倒了旁邊那一疊黑得發亮的書！

投機取巧的事她才不幹，有本事大家就耗到底！

啪！揮出去的手突然被人握住，馮千靜嚇得向左看去，毛穎德正緊握住她的手腕，狐疑的望著她。

「已經一比〇了喔，馮千靜。」他順著她的手往下，握住的是她剛順手拋出去的皮帶，「萬一有人經過就傷人了。」

她緊皺起眉，「什麼一比〇？」

「妳跟第十三個書架啊，單從昨天的反應表現到現在為止，它領先。」毛穎德把手機映在她面前看著，「接下來就看妳能不能扳回一城了。」

馮千靜討厭聽見「別人領先」這四個字，更不能接受自己名字上的數字是「0」，視線移到毛穎德手機上頭，他拍下她的X光片，證實了沒有任何東西在她體內。

「我不會一直掛0的。」她咬著牙說，「既然證實了眞的是幻覺，我會跟它奮戰到底。」

「希望，可別慘敗了。」毛穎德勾起笑容，就知道這招有效，「快點回去吧，我不放心夏天他們。」

他朝馮千靜伸手攙起她，她還是必須要有個依靠。

早上出門前，夏玄允跟曾治木的狀況是一種詭異的沉默，他們吃著阿姨準備的豐盛早餐，頭幾乎都是歪向左邊，右手始終扣著頸子，像是在撫摸那個巨大的蛹；沒幾個小時，那個蛹長大了許多，馮千靜幾乎可以看見一開始有許多細小的蟲疊在裡面，但早上卻看不清了。

反而覺得那個蛹中間，像是有什麼東西形成了，有道黑影。

「買點東西吧，我餓了。」她有氣無力的說著。

毛穎德點點頭，「難得妳想吃東西，夏玄允他們幾乎都食不下嚥的。」

「用吞的也要吞下去。」馮千靜忿忿的說著，精神的崩潰如果沒有體力的支持，只會越來越嚴重。

夏天跟阿木便是如此，無法睡無法吃，身體益發虛弱的狀況下，會讓一切惡化加速，當理智潰不成軍時，身體的不適也會帶領他們走向絕望。

毛穎德緊緊握住她的手，他突然覺得讓馮千靜去祈求眞的是個明智的決定，今時今地換作是他，他自己都沒有把握能戰勝那種「會痛」的「幻覺」。

在醫院樓下點了熱騰騰的湯麵，馮千靜竟然堅持要在那邊吃，她握著筷子的指節都因用力而泛白，很難想像她是在如何的忍耐下吃完那碗麵的。吃飯時毛穎德關心了一下小木屋裡的狀況，郭岳洋正在看顧兩個坐在房間地上不太動的人，他說夏天跟阿木一直在滑手機，不怎麼交談。

阿姨跟姨丈趁空小寐一下，柳丁也不能一直請假，一大早就去學校了。

換句話說，平靜的反常，這明明是最後一天啊！

馮千靜坐在副駕駛座上，要求將窗戶開著，這裡遠離都市遠離塵囂，有著清爽的好空氣，她懶洋洋的癱坐在椅子上，聽著蟲子在她腦子裡吃大餐的聲音，感受著抽痛，也看著外頭風光明媚的好天氣，太陽明明這麼溫暖，空氣如此新鮮，爲什麼她……

嗯？她忽而蹙眉，車子開在大樹之下，她瞇起眼從葉縫中看著金色璀璨的陽光，還有在藍天下飛翔的……蛾？

等等！她倏地坐直身子，那是蛾！三對翅膀上有花紋，是那種蛾！

「右轉！」她倏地人喊，「這條路，右轉——快！」

「馮千靜？」毛穎德根本丈二金剛摸不著頭腦，但是還是只能依言右轉，「說清楚！」

「我看見蛾了，就是我們身體裡那些蟲長大後的樣子！」她說著，一雙眼盯著空中飛翔的蛾不放，「我要看看牠們能飛到哪邊去！」

「蛾？」毛穎德壓低頭子從前方望向天空，他只看見晴朗一片的天，什麼都沒有啊！

「你開車就對了！」她引頸望著，或許這是只有她、夏玄允跟曾治木才能見到的景況。

因爲她也被蟲鑽進了耳朵，所以才能看見這些對吧？

車子越開越荒僻，幾乎到了無人居住的荒山野嶺，但是馮千靜依然要他持續開著，因爲蛾依然在飛翔，牠們聚成一道，突然間垂直下衝，落進了某個地方！

在瞬間失去了蹤影，馮千靜讓毛穎德開車追逐，來到一個山間的小村鎮。

路並不寬，汽車無法通行，迫不得已在外頭停了下來，毛穎德下車往前走去，發現那裡是有幾戶人家，但是感覺相當陳舊了。

「是這裡嗎？」他回頭問，畢竟他瞧不見蛾。

「是往這裡落下的啊！」馮千靜緩緩的跟在後面，走上滿是塵土的柏油路，兩旁的屋子大概都是兩樓高而已的透天厝，許多窗戶上的鐵條都已經生鏽腐朽，院子裡的大樹都長到馬路上來了。

然後，她看見了黃色的向日葵，花的後面，是綠色的棚頂。

啊啊……這裡。

「馮千靜？」毛穎德回首，注意到她停下來了。

「找到了。」她指向正前方的屋子，「我看過這個院子，在元陵翔的家裡時看見這裡的人養了一堆那種蟲、那種蛾。」

「這裡？」毛穎德不可思議的看著眼前的屋子，「妳確定？」

「綠色的頂布，黃色的向日葵排排站在牆垣，像溫室一樣的地方……」她闔眼側首，「聽，振翅聲。」

聽？毛穎德緊鎖眉頭，他聽見的是一種令人不安的哭聲啊！

「我要進去，我想問問養蛾的人……一定知道些什麼，這種並不是普通的蟲。」她說著便往裡頭走，毛穎德連忙拉住她。

「妳知道妳在說什麼嗎？這樣擅自進去，說不定會有問題！」毛穎德阻止著。

「都已經這樣了還有什麼好怕的！你看過那種蛾嗎？三對翅膀還有花紋，中間的蟲體肥到跟海參一樣，那根本不是正常生物！」她甩著他的手，「不要跟我耗！我要保留體力！怕的話你在外面等我好了！」

「我……」毛穎德還沒說完，馮千靜已經直接走進去了。

怕？說不怕根本是騙人的，這個地方怎麼看都有問題啊！但是望著馮千靜有些緩慢的背影，如果她是在元陵翔房間裡看見的，現在又親眼追著「蛾」到了這兒，只怕這邊眞的有什麼了。

去！怎麼能不去！就算她是格鬥冠軍，再怎麼說還是女孩子，又是身體不舒服的女孩，他哪能把她一個人丟下來！

硬著頭皮也得去！

他疾步跟上，屋子的牆門都只到腰一般高，馮千靜連喊都沒喊，那腐朽的木門一推就開，直接踏進了人家的院子裡。

「您好！打擾了！」

第十章 陌生庭院

女人戴著蓋有紗網的斗笠，停下澆水的動作，詫異的看著不請自來的客人。

馮千靜走進庭院裡只覺得光線突然昏暗，仰首看向頭頂的綠色紗網，這戶人家在庭院上架起了一整片的紗網，而紗網底下停滿了大批的蛾群，倒是相當安靜，偶有幾隻飛舞，不過是換個地方，停在地上琳瑯滿目的盆栽上頭。

「請問……」女人走了出來，馮千靜立刻朝右看去。

「您好，對不起打擾了。」她禮貌的頷首，「我是跟著蛾過來的，我……」

痛！馮千靜雙腳一軟直接倒下，所幸身後的毛穎德眼明手快由後抱住她，她雙手掩著耳朵，感覺得到有蟲在她體內狠狠咬了一大口，讓她完全無法招架！

「很痛嗎？」毛穎德趕緊將她拉起，「加油！對抗牠！」

「怎麼了嗎？」女人趕緊過來，「哪裡不舒服……」

馮千靜咬著牙搖頭，勉強靠著毛穎德站立，「天哪……你跟她說。」

毛穎德怔住了，「我？」

「對，跟她說蛾的事……我們的事。」她痛苦的說著，屢屢站不穩。

毛穎德嚥了口口水，做著心理準備，將馮千靜努力撐穩。

然後，看著眼前這片殘垣破壁。

他是要跟誰說話啊？他當然可以感覺得到這裡有東西，但是看不清楚也沒有形體，只知道他們身處在荒廢已久的地方，所謂牆頭上的向日葵根本只有裂開破碎的花盆，綠色的棚頂倒是一如馮千靜所言，只是現下早已發霉破敗並且裂開，他腳下踩著的這片院子裡，根本只有碎石、塵土跟腐朽的木頭。

果然，跟「都市傳說」扯上關係的人們，視野與正常人都已經不一樣了！

依照馮千靜剛剛說話的視線，對方應該站在她的面前才對。

「我們是追著飛蛾進來的，三對翅膀上面有花紋的蛾……」毛穎德重複著馮千靜曾說過的話，「我們想知道……蛾是您養的嗎？」

他費了很大的功夫，才沒有讓說話聲發抖，因為他根本是在對空氣說話，也聽不到回應。

「這個蛾啊！」女人仰起頭，馮千靜跟著仰頭向上看，點了點頭，「牠們是偶然間飛進來的，我覺得牠們很漂亮，就照顧牠們了。」

「飛進來的？」馮千靜顫抖著身體，正掐著毛穎德的手臂忍痛。

「嗯，好多年前先飛來第一批，牠們很乖很好養，繁殖方面也很強大，但是生命卻也很短暫。」女人旋身，往面前的小門指去，「想去看嗎？牠們怎麼繁殖？」

「想！」馮千靜用力點頭。

「我先提醒，會有點可怕……妳要有心理準備，但這就是牠們的生存方式。」女人說著，揭開斗笠下的紗簾，她感覺年紀不甚大，卻滿臉風霜，轉身往門裡走去。

馮千靜跟著往前，毛穎德立刻抓住她，「妳要去哪裡？」

「跟著去啊……去看看那些蛾怎麼形成的，說不定可以抓到弱點！」馮千靜認眞的朝他頷首，「不敢的話我自己下去就好！」

「妳不要每次都撂這句，我這人激將法沒用的！」他望著眼前一片漆黑的門……根本只有門框，因爲連門都腐朽掉了好嗎！她居然要進去！「我是眞的擔心妳！」

「那廢話少點可以嗎？」她皺著眉，也眞心的沒有要強迫毛穎德跟。這是她自己的事，她本來就該自己面對。

毛穎德要她稍等，一定得等他回來，他火速衝離院子回到車上，把放在車上的包包揹上身，至少手機跟護身符備妥，總是以防萬一。

眞有點偏向虎山行的感覺……他重新奔回馮千靜身邊時作足了心理準備，陪著她跨過了那早已頹壞的門檻。

一踏進去，陰風慘慘不在話下，毛穎德多想拽著馮千靜立刻回頭往外衝，惡臭撲鼻到他用嘴巴呼吸都想吐，裡頭已經沒有窗戶，窗框透著陽光照入，不至於太黑，只是屋內竟然硬生生比外頭低了一公尺，所以他們進屋後是往下走去的。

天哪……毛穎德一顆心都快跳出來了，不該來的！這裡到底是什麼鬼地方啊?!

「都市傳說」還有附帶別的「都市傳說」嗎？

馮千靜看見的是溫柔的陽光透過紗窗照進屋內，有股腐爛的臭味傳來，逼得她掩鼻，而且在耳裡的蟲變得很活躍似的，正在前前後後爬著，甚至有種急著要鑽出耳朵的感覺。

屋子比外面低了一公尺左右，因此往下走了四五階梯，看見屋子下方兩旁均是一籠一籠的……動物，有的動物正在籠子裡激動的滾、跳躍、撞籠，有的則是平靜的趴在一旁，但是背上或是脖子處……有一個她再熟悉不過的蛹。

「蟲得靠這樣繁殖，幼蟲進入宿主的身體後，會吃掉宿主以成長，最後成蛹。」女人平穩的介紹著，「成熟後牠們會咬破蛹而出，就成了妳剛追逐的蛾，這些都是特殊品種，需要細心照料。」

「從幼蟲到成蛾，大概要多久時間？」馮千靜全身都在抖，因為她的兩隻耳朵裡，都是蟲子激烈蠕動的聲音。

「很快！這種蟲只需要七天。」女人輕笑，「第七天就一定能長成，看是破蛹而出還是藉助外力，都一定要讓牠們出來！」

咦？馮千靜圓了雙眼，「藉助外力是什麼意思？」

「割開。」女人隨手抓了手邊籠裡的兔子出來，那兔子上面有著比本身還大的蛹，「自己破蛹而出的話，能生出幾十隻蛾，但如果是我割開的話……就最多只會有一兩隻。」

「這不是很奇怪嗎？如果蛹裡是一定蟲的數量，怎麼會有分別呢？」幾十隻蟲同時成蛹，就應該化作幾十隻蛾啊！

「這就是奧妙之處了啊！」女人瞇起眼笑著，「所以我都忍著不輕易割開它，這需要很大的勇氣跟意志力，如此才能有美麗的蛾能盡數破蛹而出！」

不輕易割開它……需要很大的勇氣跟意志力？馮千靜有些狐疑，爲什麼這個女人的用詞彷彿是在說她或是夏玄允這些人？

因爲如果忍著……就是要任憑蛾咬破自己的脖子嗎？

她略爲踉蹌向後，毛穎德再度扶穩，他正不可思議的看著這屋內的殘跡，這裡究竟是什麼地方？發生過什麼事？即使年代已久，但是牆上那一大片飛濺的血跡，仍然沒有在歲月中逝去！

滿地全是動物的屍骨，他不知道馮千靜看見了什麼，但是他在這裡看見的是死亡……而且是一種讓他腳底發麻的死亡！

屍骨眾多，牆上的血跡代表著曾發生過什麼駭人的事，而且，角落裡有著他看得見的影子在晃動，緩緩的朝他們聚攏。

「是不是該走了？」他親切的對著馮千靜說，「他們還在等我們！」

「嗯……」馮千靜回神，她勉強擠出笑容對著女人，「眞是謝謝妳了，打擾了。」

「不會。」女人望著她，「妳呢？作好選擇了嗎？」

才旋身的馮千靜軋然止步，她隻手緊扣住毛穎德，緩緩回頭再度看向女人。

「什麼？」

「妳打算主動割開？還是讓牠們破蛹而出？」她忽地逼近馮千靜，「已經想好了嗎？」

女人的臉突然開始扭曲，浮出了詭異的圖紋，鼻子眼睛瞬而消失！

馮千靜使勁往上一推，「走！快走——」

就算看不見她眼前所視，也能聽得懂她語調裡的慌張，毛穎德立即拉著她往上奔，而底下那女人竟也大步追了上來。

跑出屋外，頭頂上大片的蛾突然衝向他們，毛穎德索性一把抱起馮千靜的腰際，直接往前直衝，他知道……一定要衝出這個院子！

啪噠啪噠，無數振翅在耳邊在頭上在身體上拍擊著，每一次的振翅，都帶著一種嗚咽……還有檀木香氣啊！

毛穎德拿著背包揮舞著，他可是特地把某個靈驗的護身符繫在背包外頭，希望這樣的甩動能有所用處！

不過院子不大，毛穎德抱著馮千靜順利的跨了出來。

「一切不過是作繭自縛，請千萬不要割開它！」女人追上，卻沒有追出院子，大批的蛾繞著那女人飛舞，形成一個黑色且讓人發毛的漩渦，「讓牠們自然的破蛹而出，讓牠們到我這裡來！」

馮千靜整個人偎在毛穎德身上，不明的女人，她的臉開始浮動。

「這是我的責任！妳既然能到這裡來，就要知道……讓牠們出來！」女人的臉居然成了翅膀，啪噠啪噠，緊接著女人瞬間化成一隻又一隻的蛾，一轉眼混進了原本圍繞著她、飛舞的龐大蛾群裡。

「走！」毛穎德只覺得胃在翻騰，蹲下身子把馮千靜扛上肩頭，這女人看起來瘦歸瘦，但全身都是肌肉，倒也沉得很。

馮千靜沒有反抗能力，她就掛在他的肩頭，抬頭看著那被蛾複蓋的院子，黃色的向日葵很快的也被掩蓋，她究竟到了哪裡？那個養蛾人家是什麼東西啊？

「啊啊啊啊——」她發洩似的叫喊著，帶著不解與更多忿怒。

毛穎德扛著她飛快的跑出早是廢墟的城鎮，將她扔進車裡，火速的倒車離去，離開那廢墟後他也不敢在山中停留，無論如何得先開到大馬路上爲止！

好不容易看到車水馬龍的景況，毛穎德才鬆一口氣的將車臨停在路邊，閃起紅燈。

「我眞的……會被妳嚇死。」他緊抓著方向盤，有種虛脫的感覺。

「她說那句話是什麼意思？」馮千靜幽幽的轉過來，有氣無力，「要我讓牠們破蛹而出？」

「我沒有看到人，馮千靜。」毛穎德認眞的望著她，「妳知道那是哪裡嗎？那根本是廢墟！完全沒人住的屋子裡，枯萎的花草樹木、腐朽的門窗，還有滿地的動物屍骨跟惡臭。」

馮千靜眼睛越睜越大，不敢置信的直起身子，「什麼？」

「對，我一個人都沒看見，從頭到尾那就是個不知道荒廢幾年的屋子！啊對，妳知道在屋子裡，我們正對面的那道牆面有什麼嗎？」毛穎德得換口氣才能繼續說，「滿牆都是飛濺的血，那一定是血……不要問我爲什麼知道，反正那一定是血！」

「你……沒看到那個女人？我進去的地方是廢墟？那個向日葵——」

「只有花盆，盆體都碎了。」毛穎德很不想打破她的夢境，「我想蟲鑽進妳體內後，我們看到的東西就不同了，那是只有妳才看得見的……順便說，我從頭到尾都沒見過蛾。」

馮千靜撫著心口，她有種不可思議、腦門被人打一記的震撼感，「我的天哪！所以那是只讓我看見？還是因緣際會？可是夏天或是阿木都曾提過那個地方啊！」

「重點是那女人說了什麼？」毛穎德幫她扭開水，遞上前。

馮千靜接過先咕嚕咕嚕的喝了大半瓶，才勉強平復心情，「幼蟲必須進入宿主體內才能生長，從幼蟲到長成只要七天，七天一定會成蛾，但是可以選擇割開或是破蛹而出的方式。」

「啥？」

「把蛹割開，只會有一兩隻蛾生長，但如果讓蛾主動咬破頸子，就會是幾十隻的斑斕蛾群——那女人是這意思。」馮千靜深吸了一口氣，「不要問邏輯問題，她說就是如此，不管有幾十幾百隻蟲一起成蛹，唯有主動破蛹而出才會有大量的蛾，然後那些蛾會飛到她那邊去，由她照顧。」

「割開與主動咬破……」毛穎德皺起眉頭，「妳知道咬破的意思嗎？幾十隻蛾咬破妳的脖子，那種狀況——應該要割開吧？我怎麼樣都會選擇割開，說不定還有希望，無論如何才兩隻！」

「她要我讓牠們破蛹而出。」馮千靜帶著遲疑望向他，「說這樣蛾才會成群飛舞，那是她的責任，一定要讓蛾自然破蛹！還說我們是在作繭自縛……什麼東西啊?!」

「那是她的事……不對！那女人對我而言根本不存在，她說不定是跟這個傳說有關的人！」毛穎德伸手示意彼此冷靜，「我不知道爲什麼妳會看到那些或是爲何找到那個人……但是這一定跟都市傳說有關聯！」

「跟都市傳說有關？」她突然好累。

「傳說總有起源，不管是什麼傳說。」毛穎德正沉吟著，因爲剛剛馮千靜提醒了他，夏天的確有提過什麼綠色的院子、阿木也糊里糊塗的問起牆頭的向日葵——他們都見過嗎？不管是在夢裡、或是幻境？

馮千靜呼吸有些沉，眼皮重得快睜不開了，「割開或破蛹而出……夏天跟阿木，現在就面臨這個抉擇。」

「啊……我們先回去再……說。」毛穎德擰眉，忽然覺得哪兒不對勁的往外瞧。

大馬路上車輛很多，大家均慢速行駛，煞車燈在黑暗中格外閃亮……黑暗中？等一下！毛穎德趕緊看向車內的時鐘，居然已經是八點鐘了！

他們離開醫院的時候才三點啊，就算進入這小村鎮最多也是四點的事──他們不可能在裡面待這麼久！

「時間被偷了！」他低咒著，這不是不可能……現在有什麼不可能的！「我們得立刻回去，回到小木屋只怕都要九點十……」

他轉向右邊對馮千靜說著，無奈她已經睡去，不知道是昏倒還是體力不支，不管哪一個，毛穎德都覺得這樣總比她醒著強硬忍受那些痛苦與聲音強。

他輕柔的將她扶正，爲她繫上安全帶，撩著她那蓬亂的黑髮，才一個晚上就已如此憔悴，眞希望她能恢復那個明亮的馮千靜……把他過肩摔也無妨。

眞希望，今天能平安的結束。

李維杰很不爽的打開門，媽媽在後面碎碎唸著，說有什麼事趕快解決，不然看要不要報警處理之類的，他不耐煩的回著沒什麼事叫警察幹嘛，反手甩上門，踏出了門。

雖說家境不優，但這一地帶的屋子基本上都是透天厝，李維杰家租的透天厝相當老舊，不過住起來舒適就好；門外有個圍起來的小院子當停車場，滿佈黃土的小貨車就停在一旁。

李維杰站在門口，小牆外立刻出現一個人影，還有另一個踮起腳尖才搆得到牆頭的女生。

「你們煩不煩啊？在學校就這樣，我回家後還這樣守在我家門口要幹嘛啊？」他不爽的嚷著。

柳丁跟洪渝靖雙雙站到門口，很認真的朝他行禮，「求求你救阿木他們！」

李維杰不爽的越過院子走到大門外，並不想讓爸媽聽到太多。

「關我什麼事！你們很煩人。」他正眼都不想瞧他們一眼。

今天一整天在學校纏他不說，放學居然一路跟回家。

「我們知道是你！求求你了！」洪渝靖軟聲拜託，「現在這件事只有你能解決了，拜託你再去跟書架祈求一次！」

李維杰別開眼神，說什麼廢話。

「都是同學吧？有必要做到這麼絕嗎？」柳丁語重心長的說著，「我不知道阿木跟你有什麼過節，你得這樣子害他？」

「喂，話說話要有分寸，我害他什麼了？我跟曾治木根本不熟好嗎！」他不爽的回應，「你們不要太過分，動不動就把我扯進去，曾治木發生什麼事都跟我無關！」

「是你去找第十三個書架的吧！」洪渝靖連忙雙手張開擋住他想回家的去向，「千靜姐姐他們已經找到書架了，幾乎確定了阿木現在的狀況，就是有人去拜託第十三個書架所致！」

李維杰忽地瞪大雙眼，找到了？他們居然找得到!!

「找到又、又怎樣……啊，都市傳說嘛，你們也可以去拜託啊！」李維杰有點口吃，他的心跳漏了好幾拍。

「祈求過了，第十三個書架說必須先完成你的願望，所以駁回了他們的祈禱。」柳丁也擠了上來，「拜託了，書架如果是以你爲主的話，現在只有你再去請求撤回願望，阿木他們才有救！」

李維杰嚥了口口水，書架沒有應允他們的祈願嗎？這個都市傳說真是非常堅定，果然只要誠心祈禱，按照指示去做，就一定能完成願望——無論如何。

「我不懂你們在說什麼。」李維杰撂下這句話，推開洪渝靖想往裡頭去。

「求求你了！李維杰！你們沒有深仇大恨吧，一個元陵翔還無夠嗎？」洪渝靖哽咽的拉住他的手，「真的有必要置人於死嗎？」

李維杰背對著他們，深吸了一口氣，拳頭漸漸握飽。

他們根本不明白，很多事情一旦開始是沒有回頭路的……他厭惡元陵翔，擁有太多還奪去他所缺乏的，所以他要把擋路的人除掉。

只是，他原本只是希望元陵翔不要擋在他面前而已的……願望如此，向第十三個書架祈求如此，按照筆記本裡的指示做，卻沒料想元陵翔最後會走上自殺一途。

他不知道「都市傳說」是如何讓元陵翔自殺的，但這並不是他的初衷，他從沒想過要誰死去；不過既然已經死了，後悔也沒什麼用，他發現自己因爲討厭元陵翔所以並沒有悲傷之情，唯一有的是恐懼，深怕別人會知道可能跟他有關。

但轉念一想，他沒有殺害誰啊……元陵翔是自殺的，連最要好的朋友曾治木都親眼所見，切實的割頸自殺；再深一層想，就算柳丁或是洪渝靖他們把「都市傳說」鬧開來，那又如何？

他並沒有親手去殺害任何人啊！橫豎都扯不上他，他要做的只要否認自己向第十三個書架祈求就好！再說了，多少人會信什麼「都市傳說」！

就算最壞的打算，發現他去了縣圖、在那兒待過午夜，證實他眞的使用了「都市傳說」，元陵翔終究還是自殺的。

思及此，他連最後的恐懼也沒有了，他知道這就是「第十三個書架」最令人著迷之處，不但能完成願望，而且不會影響到祈禱者。

曾治木也會一樣，那個表哥也是，他本來不想再做一次的，但是那個表哥一副信誓旦旦會找出原因的模樣，他只好再試一次筆記本裡的方式。

他沒想到奏效了……無妨，他跟曾治木不熟、跟那個表哥更不認識，他也不會有難過的感覺，而且「第十三個書架」明確的告知，一旦做了就不能回頭。

他，怎麼可能再去求書架放過曾治木他們呢？這根本是自尋死路啊！

「第十三個書架」要祈願者如同它一樣，擁有堅定的心，不夠堅定就不要去祈求！祈求了就沒有後悔的餘地！

「我沒有殺害任何人。」他幽幽的回頭，看向柳丁與洪渝靖，「怎麼會有置人於死的說法？別忘了元陵翔是自殺的！」

他抽回洪渝靖緊握著的手，推開大門往裡走去。

「李維杰！還來得及！拜託你幫忙！」柳丁低吼著，「只要在十二點前，第七天前出手，你可以救兩個人的性命啊！」

李維杰走過了小院子，進入了屋裡，門關上的聲音聽來格外森寒。

洪渝靖難受的哭了起來，回頭往柳丁身邊靠去，「怎麼辦怎麼辦？怎麼會這麼鐵石心腸啊！」

「說不定他是不敢……沒關係！」柳丁已經打定主意了，「我們就在這邊等！直到他答應爲止！」

「可是過了午夜就第七天了……」洪渝靖抽泣著說，「只剩三個小時不到了！」

「第七天還有二十四小時啊！」柳丁堅毅的說，「堅持下去，我不相信有人會這麼狠！」

洪渝靖用手抹了抹淚，儘管又冷又難過，他們只能做這樣的事，可還是要拜託繫鈴人啊！

兩個人刻意退開了屋子牆邊，這裡是田邊沒什麼車，雙雙站到路的對面去等待，這個角度可以看見李維杰房間的窗戶，相對地他也能看見他們。

李維杰揭開窗簾，看見他們兩個時心臟揪了一下，火速的放下窗簾。

他沒有回頭路了，如果曾治木他們會自殺也是他們的選擇……他不知道，不關他的事。

他只是希望，曾治木跟夏玄允可以不要再妨礙他而已。

而已。

第十一章 最終日

『妳選擇割開它？還是讓牠們自然破蛹而出？』

馮千靜坐在廚房邊的吧台上，捧著沒喝兩口的杯子出神，她滿腦子都迴盪著那女人的話語，她那微笑著口吻，帶著悲憫的眼神，還有最後那急切的呼喚。

她的責任？她回來細細想著，總覺得看見那個女人、去那個地方都不該是巧合，那是她被都市傳說算計後才出現的現象；簡單來說，身體裡沒蟲就看不到那些東西。

小木屋裡氣氛詭譎，沉靜不已，夏玄允跟曾治木都醒著，默默坐在客廳裡不知道在寫些什麼，郭岳洋一度看見遺書兩個字後氣急敗壞的把紙撕掉了，夏天還是重新再繼續寫。

他們倆面前都放了個立鏡，動不動就對著鏡子照得出神，右手不停的按著右邊頸子，也必須這樣支撐，頭才不會因爲太過沉重而倒下。

因爲那蛹實在太大了！

馮千靜看得見那快比脖子還粗的蛹卡在右邊頸子上，比她之前在元陵翔體內時看見的還可怕，他們兩個已經無法正首，因爲蛹會卡到他們的動作；沉重與痛苦想必讓他們非常不適，也虧得這兩個這麼能忍……或是已經沒有太多力氣再掙扎。

夏玄允不停的察看著蛹的狀況，曾治木總是沒幾分鐘就在啜泣，顫抖著手撫摸著那變硬的蛹，連馮千靜都可以看見極度透明的肌膚，還有那蛹裡形成的黑影，層層疊疊……不知道有幾十隻啊？

「哥……牠們越來越大了！」曾治木哽咽的說，「怎麼辦……牠們是不是會跑出來？」

「應該是吧……」夏玄允變得很陰沉，「我都可以感覺得到牠們在蠕動，好像想要出來了。」

「天哪……我不要！」曾治木嗚哇一聲又哭了起來，「從我的身體裡鑽出來，那多可怕啊！我不要啊！」

阿姨立刻上前緊緊擁住他，姨丈也束手無策，因爲他們根本沒看見什麼蛹啊！

「沒事的，其實說不定什麼都沒有！」姨丈安慰著他，「不是說都是幻覺嗎！只有你看得見，你假裝它不存在吧！」

「爸！那是不可能的！」曾治木痛苦的喊著，「牠們撐得我皮膚好痛，我的頭也好重，這樣一摸它就是存在著啊！這不是幻覺！」

是啊，馮千靜幽幽抬首，她也好想這樣喊……現在在她耳朵裡爬行著的不是眞實，開心吃她顱內組織的痛也是假的，這種劇疼全部都要假裝不存在——這根本是廢話！怎麼可能！

若不是她現在沒出血、沒有死，還有那張X光片佐證，她自己都不知道哪來這麼大的氣力去支撐！

「還有一小時就第七天了。」毛穎德走了過來，「平靜得讓我不安。」

「蛾如果突然咬破他們的頸子，飛出來的話怎麼辦？」馮千靜緩緩睜眼，「急救也來不及的。」

「先割開嗎？」毛穎德沉著聲問，「在破蛹而出前？」

「割開可能會跟元陵翔一樣。」她深吸了一口氣，「他也是想割開，結果割斷了頸動脈。」

「避開頸動脈呢？」郭岳洋出了聲，「如果我們小心一點，避開頸動脈之處把蛹割破，不讓那些蛾有破蛹而出的機會，是不是能將傷害降到最低？」

「可以嗎？」曾治木宛如攀到浮木，「我不想死，我不想被寄生！」

「冷靜點，阿木。」夏玄允平靜得無以復加，「現在慌張只是讓自己難受而已。」

他撐著桌子，很勉強的站起，郭岳洋趕緊上前攙扶他；他一隻手始終擱在頸子上，那個讓他歪著脖子的蛹，裡面似乎開始在鼓譟了，因爲掌心覆在其上，可以感受到震動。

「夏天。」馮千靜伸手向毛穎德，也在他的支持下站起，「你之前說過的綠色院子，還記得嗎？」

夏玄允眼神其實不太對焦，蒼白劇瘦的臉顯示著這一個星期來過得並不好，他費了幾分鐘才咀嚼馮千靜的話語，慢慢點頭。

「那是夢，我看見綠色的棚頂，有個漂亮的院子……種了很多花草。」他說著話，有氣無力。

「阿木也跟我說過花的事對吧？」她看向坐在客廳地上的曾治木，「那天你站在窗邊，說你以爲牆頭有種向日葵。」

「是嗎？」曾治木茫然的望著她，「我不記得了。」

無意識嗎？馮千靜微蹙眉，「你們有看過蛾嗎？」

「蛾？」現在提起這個字，反應再遲頓都能讓他們如驚弓之鳥，曾治木立刻縮起身子，又開始發抖。「我不知道，我不想看……」

「我看見了……牠們在空中飛……天空很藍，飛到那個有向日葵也有綠色棚頂的院子裡。」馮千靜望著夏玄允，「你記得嗎？」

「在飛的東西是蛾？」夏玄允果然看過，「我不知道那是什麼，我以爲是蝴蝶……我以爲是夢。」

他們都是陷入「都市傳說」麻煩的人，所以看得見彼此身上的蟲、體會得到那種痛楚，也一起看見過那詭異的房屋，那麼那間屋子就代表了什麼。

「有個女人跟我說，割開的話，只會有一到兩隻蛾能夠形成；但讓蛾自動咬破蛹而出，會是幾十隻的全數孵化。」馮千靜喉頭緊窒的深呼吸，「但是割開蛹，就有變成元陵翔的風險。」

很難想像幾十隻蛾從頸子裡咬破鑽出，下場豈會更好？

「這太離譜了！沒有別的方法嗎？」阿姨難過的上前，「爲什麼他們要遭受這種事？這種離奇的詛咒難道不能停止嗎？」

「解鈴還須繫鈴人，除非施咒者喊停吧！」毛穎德望向阿姨他們，「我知道很難懂，但是我們眞的什麼方法都試過了……這個都市傳說太棘手。」

「詛咒……」夏玄允忽然喃喃自語，「反撲……」

嗯？毛穎德聽見了，他狐疑的望向他，「夏天，你剛說什麼反撲？」

「聽說詛咒都會反撲，有一種說法是，如果對別人下咒不管成功與否，咒語都會反彈，像石子丟進水塘一樣，無論如何總會濺個一兩滴上來。」郭岳洋不愧是夏玄允的蛔蟲，「施咒者應該都會被反彈的，夏天的意思是說……對他們做這些事的人也會倒楣。」

「我不在乎他倒不倒楣，我只在意你們能不能平安無事。」毛穎德說得很自然，「下咒會反撲，那如果……詛咒沒有實現呢？」

「反撲嗎？」馮千靜眉一挑，「我那本第十三個書架賜的筆記本裡有寫，願望不成功要自行承擔所有後——」

這瞬間，毛穎德跟馮千靜雙雙瞪圓了眼，連郭岳洋都啊了一聲——換句話說，詛咒是有可能失敗的！

「妳自己站好！」毛穎德二話不說立刻鬆手，衝到廚房邊去拿過那本筆記本。

滿滿都是馮千靜的字跡，滿篇的廢話，郭岳洋竟也心急的把夏玄允丟給馮千靜，衝過去一起研究！如果在這廢話中能研究出怎麼樣讓詛咒失效的話，管它反不反撲，反正夏天跟阿木能平安無事就好了。

「喂……」馮千靜自己都沒什麼氣力了，還得攙著夏玄允，「我把你丟回下舖喔！」

「嗯！」夏玄允依然不知道魂是否存在的回應著，「我……眞的好累了！」

「你被蟲咬腦的時候可不會痛好嗎！不要抱怨，我比較累。」馮千靜將他往下鋪推去，她軟弱無力的扶著床架，「不過現在比數是一比一。」

當然一比一了，她從醫院回來後再也沒有尖叫、抓狂或是歇斯底里，再痛都能忍，因爲她已經知道那是假的，如果是眞的，她的腦子應該被吃得差不多了吧，哪還能安穩的站在這裡。

她不管「都市傳說」怎麼辦到的，她才不會輸給區區一堆蟲子！一個書架！

「嗯？」夏玄允聽不懂，但事實上也沒很想懂。

他現在想的是脖子上這腫大的蛹，什麼時候蛾會咬破蛹飛出來？

他要怎麼阻止這些蛾飛出來？實在太重也太痛了……夏玄允緩緩的躺下，必須向左側躺才不會壓迫到巨大的蛹，那蛹如同瘤，卻更加可怕，因爲那像是不定時炸彈，不知道什麼時候會從他頸子炸開。

淚水無聲無息的滑落，他不能等……他沒有辦法坐視蛾咬破他的脖子！

他想剜掉這個蛹！他希望整個蛹消失，一隻蛾都不該出來，因爲這是他的身體、他的脖子！

割開，只剩下這條路了，割開它吧！

唰……唰唰……巨大的爬行聲陡然響起，馮千靜痛苦得全身發顫，倏地一骨碌坐起！

全身都已被冷汗浸濕，她咬著牙摀住雙耳，那些該死的蟲又在活躍了……還眞的是不打算讓人睡啊！

壓下想大叫的衝動，她選擇咬緊牙關，顫抖著仰天做著深呼吸，冷靜……冷靜……她痛苦的皺眉，牠們應該快要鑽到身體去了，比照夏天他們的模式，她接下來的狀況不但是萬蟲蠕動，只怕會如同萬蟻鑽身般癢痛。

她是違規的報應，好像什麼都得是進階版。

定下心神，卻發現自己躺在床鋪區中間的地板上！咦，她爲什麼會睡在這裡？沒辦法爬上去也不會睡在路中央啊？

往右邊看去，夏玄允不在、曾治木也不在！

馮千靜覺得不對勁，她扭頭直線看去，前方偏左是廚房、偏右是客廳區，阿姨、姨丈都不在了，但是沙發角落橫躺著一雙腳，廚房的地板也有一雙腳！

她吃力的站起，趕忙到客廳去，在五人座的沙發與茶几縫隙地板上看見睡得香甜的郭岳洋，直接拿起桌上的水杯往他臉上灑去！

「哇……」保證立刻甦醒。

接著轉身，走到廚房去，睡在廚房正中央地板的毛穎德更詭異，他手裡拿著咬一半的水果，喉間還發出呼嚕聲。

「喂！起床了！喂——」馮千靜伸腳就踹，毛穎德像是被驚醒般半坐而起，又咚的往後倒下，「起來！你們爲什麼睡著了？」

客廳那邊的郭岳洋攀著茶几坐起身，看樣子腦子還一片迷糊，桌上放著一張便條紙，他讀了兩遍才讀進腦子裡。

「咦？阿姨帶阿木回家了，他們決定明天一早去找法師。」

「找法師？隨便！」馮千靜環顧一圈找不到夏玄允，又往浴室走去，門是開著，裡面空無一人，「夏玄允？夏玄允！出聲！夏天不見了！」

毛穎德總算清醒，他望著自己手裡的水果，冰冷的廚房地板，不解他爲什麼會睡在這兒？他明明在這裡吃水果，然後……然後？

「糟糕！我們一定被設計了！」毛穎德火速衝到浴室邊去，「夏天不在嗎？」

「不在！小木屋裡就只有我們三個人！」馮千靜嚷著，「我什麼時候睡著的我也不知道……」

「是都市傳說搞的鬼！它知道我們會阻止——」郭岳洋跳了起來，「快十二點了！」

毛穎德跟馮千靜緊張的立刻對時，十一點五十五分。

毛穎德二話不說衝向廚房系統廚櫃的最上方，靈巧一躍踩上流理台，伸手再一搆臉色丕變，「刀子不見了！」

他們之前為了防止夏玄允他們自殘，所以把刀子收在最上面，因為他們的氣力根本搆不著，也不知道藏在那兒……可是現在，上頭兩把刀子只剩一把了！

「快去找！」馮千靜喊著，「他們想割開蛹！」

「割開……不好嗎？」郭岳洋提出了問題，「難道要讓蛾咬出來？」

「頸動脈啊郭岳洋！」毛穎德大喊著，「要是我，覺得哪個都不好！」

他們直接往門外衝，馮千靜現在動作較慢，她路過時順手拿了烤肉架的鐵架以備不時之需，然後看見夏天一整晚在寫的東西，就擱在桌上折疊著。

隨手抓過，跟著往屋外走。

連外套都懶得穿了，他們在黑夜寒風中卻不知道該往哪裡去。

「你們去找曾治木，至少知道他在家裡！」馮千靜催促著，「夏天那種身體不會太遠的……應該也是湖邊。」

「……妳帶這麼多東西幹嘛？」毛穎德望著她手中的鐵架。

「以防萬一啦，我現在需要點安全感！」她順手捏著紙條，「這夏天剛在寫的東西，我隨手抓……」

紙條僅僅四折，但被她亂抓，隱約可以看見裡頭的字。

看他寫了一晚，裡面的字並不多，至少現在藏在手心裡的只有一個字：「死」。

馮千靜飛快的打開，三個人藉著屋廊下的燈光看著：

『死了就什麼沒有了，活著才能贏。』

這句話是曾治木對夏玄允喊的，在迷迷糊糊間，夏玄允寫下了這些字，好整以暇的放在茶几上。

「他不想死。」毛穎德一眼就看出來了，「但是他怕自己太脆弱，所以要我們阻止他！」

「這樣說來，割頭的死亡率大多了，我們只能賭蛾咬破蛹的存活率嗎？」郭岳洋不住的顫抖著。

馮千靜蹙起眉，這句話不只是曾治木講過，那個女人也講過……她忽地捏緊紙條，緊閉起雙眼，爲什麼腦海裡突然出現了一堆聲音！

「傳說總會有起源！」

「有五個人割頸自殺，有一個不算，那是滅門再自殺的血案！」

「請一定要讓牠們破蛹而出，這是我的責任！」

「死了就沒有用了，活著才能贏啊！」

「如果願望沒有實現的話，祈願者要自己承擔所有責任！」

「詛咒術是會反撲的。」

瞬間，馮千靜覺得腦海裡的聲音雜亂得驚人。

「啊呀——阿木——」驚恐叫聲登時從主屋那邊傳來，他們紛紛嚇得回首。

「快去！」馮千靜推著毛穎德，「沒有時間了！絕對不能讓阿木割頸自殺！要熬過十二點！」

「好！」毛穎德立刻往曾家的主屋衝過去，郭岳洋本也想跟上，卻被馮千靜拉住。

「你要留下來幫我找夏玄允！他走不遠的，我一個人沒辦法……」

啪噠啪噠……嗚嗚……馮千靜瞪圓了眼，看著從郭岳洋身後飛掠過的東西，黑暗中如此不清晰，但是那個夾帶著哭聲的振翅聲她不該認錯。

「小靜？」郭岳洋面對她的眼神，只感到毛骨悚然，他後面有什麼嗎？她的眼神越過他看向後面，由左至右……啪噠啪噠……嗚嗚……啪啪啪……湖邊樹下停放著的車子裡，隱約有人影在晃動。

「夏玄允！」馮千靜推著郭岳洋往車子去，「裡面有人！快去！」咦？郭岳洋聞言即刻衝向車子，從車尾瞧不清楚，但是似乎可以看見穿著白衣服的人影卡在駕駛座那邊晃動。

郭岳洋滑步到駕駛座邊，果然看見身穿白底淺藍條紋的夏玄允正趴在方向盤上，右手緊緊握著刀子。

「夏天！夏天——」郭岳洋拍著玻璃窗，「你要做什麼?!開門！」

夏玄允驚恐的抬首，他淚流滿面的望著窗外的郭岳洋，緊抿著唇搖頭，慌亂的緊握著刀子。

「我受不了了！」他大喊著，「我不把它割開來不行！」

「不可以！」由後趕到的馮千靜立即趴在車窗上，「讓牠們自己出來！」

夏玄允不可思議的望著馮千靜，連郭岳洋也都扳過她的身體，「妳是在嚇他吧?!」

「死了就沒戲了！」她大吼著，「有本事讓牠們咬出來——如果那些蛾是真的的話！」

她掌心砰的趴上窗子，裡頭壓著夏玄允自己寫的那張紙。

他是嚇了一跳，望著馮千靜壓上的紙條，卻顯得很困惑……那是他的字啊，可是他怎麼不記得自己寫過這個？

『活著才能贏。』

「唔……」他痛苦的緊皺眉頭，手下意識再往右頭壓去，牠們在動！激烈的掙扎著，他感覺到了！

夏玄允慌張的把照後鏡往自己頸子照去，顫抖的右手握著水果刀，他現在連吞咽都困難了，一定要趕快阻止牠們的成熟，這個蛹要剜掉，無論如何都要剜掉！

「讓開！」馮千靜倏地推開郭岳洋，掄起手上的鐵架就狠狠往擋風玻璃上敲下去，「去找東西把窗戶敲掉！快去！」

砰磅！鐵架狠狠敲上，擋風玻璃瞬間裂成蜘蛛紋，連帶讓夏玄允差點滑掉手上的刀子，嚇得不知所以，隨著車子的震顫與聲音，他只有越慌越急……

他們不懂！小靜還不到這個時候也不會懂！他一定要把蛹給挖掉，就算挖不起來，也一定要割開，只要一刀把蛹給剖開就好了！

他絕對不能讓那些蛾破蛹而出的！

數十公尺外，阿姨的尖叫聲從未歇止，她歇斯底里的大喊著曾治木的名字，因爲他剛剛趁其不備，衝到廚房把菜刀拿上去了。

曾治木跪在自己房間的立鏡前，淚水早已模糊了視線，他已經……眞的已經受不了了！他看見蛹在顫動，裡面的蛾們已經蓄勢待發，牠們都已經成熟，準備爭先恐後的離開這個蛹。

右手輕觸在堅硬的蛹上頭，只是貼著，就可以感受到裡面的攢動！

「毛毛蟲終將變蝴蝶的……阿翔，你、你說的就是這個對吧！」曾治木對著鏡子裡的自己放聲大哭，「我懂了！我終於懂了——我不會讓牠們變成蝴蝶或是蛾的，我再也受不了了！」

「阿木！開門！阿木！」姨丈在外頭拼命撞著門，無奈曾治木不僅將門反鎖，還把衣櫃卡死在門後。

砰！擋風玻璃終於掀了一角，郭岳洋立刻躍上車子，要將整片玻璃卸下；夏玄允看著他們即將阻止他，恐慌的刀尖再度朝向頸子上的蛹，雖然恐懼害怕，但是他還是必須要快！

看著刀尖即將劃開蛹，馮千靜不客氣的再拿鐵架往駕駛座旁的玻璃使勁一敲，以此驚嚇夏玄允，讓他因此無法專心自殺！

「你死定了夏玄允！你再不把刀子放下，等一下你就知道！」馮千靜大吼著，耳朵裡的蟲不知道在興奮什麼似的活躍，簡直是萬蟲鑽動的難受，所以她現在心情非常差！

「妳不懂啊！牠們會鑽出來的！」

「就讓牠們鑽！」馮千靜趴在車窗上大吼著，「如果牠們是真的，有本事就鑽出來給我看！」

邊說，她再使勁敲了一記。

嗶嗶嗶嗶——嗶嗶嗶嗶——郭岳洋的手錶聲突然響起，把擋風玻璃揭起的他一陣驚愕！

這是倒數一分鐘的鬧鐘，十一點五十九分！

夏玄允瞪圓了雙眼，頸子一陣刺痛，整個蛹劇烈的震動起來了！「不不不不——」

他歇斯底里的一刀往頸子刺去，郭岳洋趴在車子上滑進去推開他的手，夏玄允驚恐的大喊著與之推拒，郭岳洋一邊說著對不起，一邊強硬扣住他握刀的手，一陣互打糾纏中，郭岳洋上半身滑進車裡更多，伸長手扳開了車門鎖。

馮千靜一把拉開車門，粗魯的直接抓住夏玄允的頭髮，二話不說從座位上就給拖下來！

「小靜……妳、妳溫柔點啊！」郭岳洋連抓都來不及抓住夏玄允，眼睜睜看著他被重重的拽下地上。

馮千靜俐落的拉起他的右手，直接向後一扭，不顧他的慘叫，一屁股的坐在他的背上。

「手！我的手——」夏玄允痛苦的趴在地上慘叫著，完全無法動彈。

「剛警告過了，誰叫你不放下刀子，壓制開始。」馮千靜緊扣著他的身體，握著那依然擎刀的右手，「郭岳洋，倒數了吧！」

郭岳洋好不容易才從車前蓋倒退的爬出來，慌張的看著手錶，真的要倒數計時了！「十、九、八、七——」

馮千靜坐在夏玄允背上，望著兩點鐘方向黑暗裡的屋子，毛穎德那邊不知道怎麼了？不管發生什麼事，只要不死就好了……拜託！千萬一定要阻止曾治木切開蛹啊！

「阿木！求求你開門了！」阿姨悲傷欲絕的趴在門前，房門已被撞開，但是衣櫃卡著完全無法進入。

「阿姨借過！」毛穎德擠在被撞開一點的門縫往裡看，看見曾治木用發抖的手壓著蛹，另一隻抖得更厲害的手握著刀子，正在深呼吸。

毛穎德低首看著錶，沒時間了，就算能破門而入也來不及！六、五、四、三——

「曾治木，睡著吧！」

一。

匡啷！刀子落地，曾治木跟著一秒往地板倒去，瞬間陷入熟睡。

他有種微薄的爛能力，就只能用在日常生活瑣事上的肉咖言靈，想不到這時候還挺有用的……毛穎德無力的靠著牆緩緩滑下，他突然有種很想上廁所的感覺。

「怎麼了？阿木怎麼了？」阿姨又在尖叫。

「他睡著了……沒事！」再累，毛穎德還是吃力的站起，夏玄允……他得去找夏天！

跨坐在夏玄允背上的馮千靜感覺到手裡的力道鬆了，她乾脆的抽出刀子，隨手就往旁邊扔去，站起身來鬆開所有箝制，夏玄允的手卻軟軟的落地，郭岳洋嚇出一身冷汗。

「他手斷掉了嗎？妳把他的手扭斷了？」郭岳洋緊張的大喊。

「扭斷個頭，他暈過去了。」馮千靜向後步步踉蹌，直到靠上車子才勉強穩住身子。

「暈……」郭岳洋趕緊將夏玄允扳過來，他的面容平靜，呼吸均勻，果然像是在沉睡一般。

「馮千靜！郭岳洋！」遠處人影奔來，毛穎德急忙衝了過來，「有沒有找到夏——」

還沒奔至，就看見枕在郭岳洋腿上的夏玄允，他起初有些緊張，擔心是爲時已晚，但湊近一瞧不見血不見傷，夏玄允那傢伙嘴巴還泛出淡淡笑容時，他不禁鬆了口氣。

「阿木呢？」郭岳洋昂首。

「救下了。」毛穎德大大鬆了口氣，正首看向幾乎要軟腳的馮千靜，她正順著車體往下滑，「欸……穩著！」

他奔到她身邊，趕緊攙住她。

「救到你的夏天了，毫髮無傷。」她還有心情調侃。

「總算又過一關了！」毛穎德望著她，「謝謝妳！」

「什麼過關？他們已經拿分，比賽我看是結束了。」馮千靜挑起笑容，雖然臉色很差，但卻笑得很燦爛。

「什麼意思？」毛穎德聽出她的弦外之音，「結束了？」

「是啊！」她笑看著夏玄允，「蛹不見了。」

在馮千靜的眼裡，睡著的夏玄允，現在有著完整的脖子、沒有蛹、沒有蟲，再正常不過了！

十二點零一分，毛穎德望著錶，露出淡淡的笑容。

願望沒有成功，不知道祈願的人又該付出怎麼樣的代價？

「哇啊——哇啊啊——啊——」

慘絕人寰的慘叫聲劃破寧靜的夜晚，鄰近鄰居的燈紛紛亮起，站在馬路上打磕睡的兩個高中生陡然驚醒。

「什麼？」他們看向聲音的方向，「是、是李維杰的房間嗎？」

「好像是！」柳丁擰眉，好可怕的慘叫聲，這遠比阿木他們那天自殘時的叫聲淒厲上百倍啊！

李家的燈即刻亮了，柳丁說聲對不起立刻翻牆而過，前去按著李家的電鈴！

「開門開門！李維杰是不是出事了？」

裡頭一陣兵荒馬亂，開門的是哥哥，家裡陷在尖叫恐懼之中，媽媽跟爸爸都衝上去敲門了，但是李維杰的房門也是反鎖的。

「李維杰！」柳丁三步併作兩步的衝上去，他的爸爸正在撞門，「交給我試試好嗎？」

大家立刻退到一旁，洪渝靖緊張的揪著衣服，因爲李維杰的叫聲已經停了！

柳丁高頭大馬超級壯碩，使勁撞了兩下門就開了，但是李維杰自己在裡面加裝了好幾道鎖，門板是歪了，但還無法容納一個人進去。

「走開！我再來！」柳丁看準裝鎖的位子，準備再行撞擊！

洪渝靖蹙著眉上前，忽然顫了一下身子，「等等！等一下——什麼聲音？」

聲音？所有人不約而同靜了下來，李維杰的叫聲早不在，取而代之的是一種……啪噠啪噠、啪噠啪噠……柳丁瞪圓了眼看向洪渝靖，這是振翅聲。

嗚……嗚嗚……還有隱約的哭聲。

「不管了先進去再說！」哥哥喊著，上前使勁的撞門。

兩個男生輪流，五下之內就把房門撞開了！

最後一下是柳丁撞的，他因為用力過猛，整個人連同門板一起撞了進去，狼狽的在地板滑行而入。

只是他沒來得及反應，眼前就有東西飛撲而來！

啪啪啪啪……一大群的蛾居然在李維杰的房間裡環繞著飛，好不容易柳丁撞出個出口，蜂湧的立刻全朝向門口飛去。

「哇啊——這什麼?!」李維杰的家人們紛紛閃躲，因為湧出來的蛾實在多到驚人，撞到身上都會疼啊！

「走開走開！怎麼這麼多東西?!」女孩子們的尖叫聲此起彼落。

洪渝靖貼著牆不敢輕舉妄動，也不去揮舞牠們，不要製造風的流動牠們就不會過來，看著一大群物體直接衝向一樓，她連眼睛都不敢眨，那真的是蛾，張翅後有手掌大小，上面有詭異的花紋，蟲體像海參大的噁心！

伏在地上的柳丁終於沒聽見振翅聲了，這才抬起頭來。

鼻尖十公分前躺著應該是李維杰的人。

「阿杰怎麼了？」哥哥總算衝進，「阿——哇！哇啊啊——」

洪渝靖緩慢的走進房裡，剎時掩嘴，不敢置信。

李維杰躺在自己的血泊中，身體簡直是千瘡百孔，一個個窟窿裡都是蛾咬破

鑽出的傷口，遍佈全身上下，體無完膚。

他的雙眼也僅剩眼洞，鼻孔均被咬裂，張大的嘴裡還有著蛾翅鱗粉，那明明該是個人……只是沒有一處完整。

成群的蛾衝出了李家，飛向夜幕星空，飛向牠們該去的地方。

讓牠們自己破蛹而出，就能得到幾十隻斑斕燦爛的蛾群，照顧牠們，是我的責任。

遠遠的某處山裡，擁有綠色棚頂的院子裡站著一女人，她的胸口有個窟窿，遠遠望著天空逼近的黑影，泛出淡淡微笑。

「作繭自縛，好久沒有蛾群來了呢！」

第十二章 最後的對戰

馮千靜穿著紅黑交錯的貼身戰鬥服，坐在角落柱子邊的地板上。她較之前瘦了五公斤，短短七天時間的快速減肥法，若說再來一次她個人是敬謝不敏。

頭得靠著柱子才不至於難受，因爲頸子上有個巨大的蛹，讓她吞嚥、轉頭都很困難，連呼吸都出了問題。

不過沒關係，現在比數是三比一，就剩不到三十秒比賽就該結束了。

她捱過了整整七天，歷經過好幾次差一點點自殘的衝動，還有全身痛癢難受的地獄，都靠著打坐、打拳撐過去了。馮千靜深吸了一口氣，現在正感受著蛹裡的劇烈震顫，彷彿裡面的蛾都擠著要出來般，這感覺實在太眞，難怪每個人都會恐懼到選擇割開蛹，認爲這是先下手爲強。

卻是直接斷送了性命。

因爲這些蟲、蛹根本都不存在，劇烈的震動說不定是來自頸動脈的跳動。

她右手沒握刀，取而代之的是一柄大搥子，雙眼凌厲的瞪著眼前的檀木書架，毛穎德在外圍等待，他說這裡面邪氣實在可怕的重，遠比他們上次來爲夏玄允祈求時可怕，他就不進來了。

她是第十三個書架親自施行的詛咒，二十秒後她如果沒割頸，她不管這書架會不會生出一堆蛾來，就算沒有，她也會拆掉它！

還眞以爲天衣無縫的無敵嗎？掉一本筆記本來嚇人了不起喔？

噹——鐘聲敲響。

站在櫃檯的毛穎德屏氣凝神，他今天身上戴了六個護身符，也套上了很靈驗的佛珠，書架彷彿在回應馮千靜的怒氣一般，今天的書架也很駭人……別說黑色結晶體了，基本上整間縣圖都是陰氣森森啊！

每個書架彷彿都活起來，瞪著他們。

當然，這依然只有他有感應。

「第十三個書架」的祈願只有七天，他們已經知道時限到但是詛咒失效的話，會反撲到祈願者身上；幻覺將成眞，所有在被咒者身上的蟲都化成眞實的蛾，咬破祈願者的身體而出。

他實在很好奇，鐘聲結束之後，會是誰得到反撲？

鐘聲敲著，馮千靜眼也不眨，她緊緊握著搥子，與第十三個書架對望，謹愼的調節呼吸，儘管蛹壓迫得她難以順暢呼吸，但是她相信……鐘聲結束後，她將能自在的調息。

噹——噹——十二聲敲畢。

詭異的感覺剎時自身體傳來，她的頭突然輕了，呼吸在瞬間順暢，頸子上一股熱燙，緊繃感全然消失，馮千靜抬手緩緩的觸上右頸項，什麼東西都不存在了。

好啊！她大大的吸口氣。

「換我了！」她撐著身體站起來，手裡緊緊握著大搥。

其實可以感受到強大的虛脫感排山倒海而來，但是意志力仍舊戰勝一切。

「馮千靜！」毛穎德在前方喊著，「妳冷靜一點，這裡好歹是縣圖。」

「你們眞的覺得第十三個書架繼續存在是好的嗎？」她咬著牙，開始拋著大搥，「我會捐一個更新更好的，放心好了！」

「小靜！」夏玄允居然在爲「都市傳說」求情，「這是都市傳說啊！妳不能隨便傷害都市傳說的！」

聲音伴隨著腳步聲逼近，恢復健康的夏玄允讓馮千靜非常想教育一下。

「你是都忘記上星期的痛苦了嗎？」她簡直不敢相信。

「兩碼子事嘛！這是珍貴的『都市傳說』啊！」夏玄允很認眞的說著，「而且『都市傳說』這麼可怕，若眞的攻擊它，誰知道會發生什麼事！」

「我也覺得這書架很可怕，但是它是活生生的『都市傳說』耶！」連郭岳洋都在爲它請命，「妳要想，這種完美的傳說哪裡找？它不會跑也不會躲——」

「就是它不會跑也不會躲，我才要拆了它！」馮千靜怒不可遏打斷他們，「別拿都市傳說來壓我，我上次連娃娃都敢燒了，我今天怕它一個書架？」

餘音未落，一陣淒厲的哭聲登時在圖書館裡響起！

『嗚——』

咦？夏玄允跟郭岳洋一秒鐘衝到馮千靜身邊，還順手把她往前推，兩個人雙雙躲在後面。

就知道。毛穎德緊握著佛珠、護身符，他每根汗毛立正很久了啊！

馮千靜握著搥子更緊，有本事就出來，她這局已經獲勝了喔！還有什麼賤招沒耍的，通通拿出來啦！

圖書館的燈突然開始閃爍，燈一盞一盞的明暗，夏玄允詫異的仰頭看著，再傻他們都知道這是爲什麼。馮千靜看著搖晃的燈影，卻立刻火速看向眼前的書架，少來這種聲東擊西的爛招式。

「就算打著手電筒我也會拆掉你。」她放話警告。

餘音未落，書架突地震盪起來。

「哇！要走路了嗎？」夏玄允聲音高了八度。

「書架會說話嗎？」郭岳洋這聲音是興奮的。

幹什麼？還要訪問是嗎？馮千靜高舉起撾子，簡直是蓄勢待發——喀啦喀啦，書架突然一層一層的崩落，所有的書跟著滑落。

唰啦——砰——砰——磅！

曾幾何時燈再度重新亮起，馮千靜被逼得後退，以手揮掉那漫天煙塵，依然站在櫃檯前的毛穎德暗自倒抽一口氣，看著好幾道影子從書架裡竄出，有一個人，好像是元陵翔。

他不走，可能是爲了摯交好友，但也可能是根本走不了。

他看著影子倏忽鑽出窗戶而逝，這才緩緩的朝前走去，看著煙塵所在，一邊倒數著，十一、十二……沒有十三。

只有地上的木板架子、成堆的書，沒有第十三個書架。

「怎麼了怎麼了？」警衛聞聲，狂亂奔了進來，「聲音這麼大，你們這是——咦？」

警衛詫異的看著崩坍的書架，一秒鐘視線落在馮千靜手裡的撾子上。

郭岳洋跟夏玄允立刻上前一步擋住撾子，同時把馮千靜往後推去，她哎唷的撞上柱子，雙腳癱軟，她超想睡的。

不知情的警衛上前抽起木板，讓毛穎德狠狠倒抽一口氣，還退了好幾步。

「哎呀！怎麼這麼糟？」警衛反覆望著木板，再看向他們，「沒嚇到你們吧？有沒有受傷？」

嗯？夏玄允露出無敵的笑容，搖了搖頭，「我們沒事！還好沒靠近！可是它突然倒下來嚇死人了！」

「唉，被蟲蛀壞了啦！」警衛將木板層架轉向他們，「竟然連檀木都會被蟲蛀……看看喔，整個都被蛀空了啦！」

毛穎德詫異的挑了挑眉，緩緩向右看向被夏玄允擋在後面的馮千靜。

她冷笑一抹，同時也看向了他，忍不住豎起大姆指。

四比一，這下也是大獲全勝了吧！

噗通！女孩躍進了湖裡，泳姿曼妙的悠游在湖裡，來來回回，速度也是驚人。

一旁有另一個男孩以蝶式追逐，兩人一前一後，好像在比賽似的。

「他們在比賽嗎？」洪渝靖站在湖邊，很好奇的看著，「喔喔，毛哥現在領先了！」

「有沒有搞錯啊，他們都不覺得冷喔？」夏玄允悠哉的躺在躺椅上，「今天幾度？」

「十一度。」郭岳洋準確的回答著，所以大家誰不是羽絨衣上身的。「他們都運動型的，小靜會說游一游就不冷了。」

「那個馮同學看不出來身材很健美呢！」阿姨拎著一箱飲料出來，「泳技也不錯！她游泳社的嗎？」

夏玄允瞇起眼，笑而不答，不能洩露馮千靜的真實身分，這是比都市傳說還可怕的禁語。

「就是愛運動啦！」郭岳洋四兩撥千金，「跟毛毛一樣，他們都是運動健將！」

「運動好啊！我現在也在晨跑呢！」姨丈說著，一邊將肉翻面，「肉差不多烤好囉！玉米好像也差不多了！」

一旁的柳丁協助盛盤，「洪渝靖！叫他們上岸了！可以吃飯了！」

同月月底，在馮千靜的「堅持」下，他們挑了週休二日重返湖畔小屋，春假完全沒有休到就算了，馮千靜在春假後硬生生硬請了一星期應付蟲子跟蟲蛹，她覺得原本完美的度假反而被剝奪了兩個星期。

所以她一定要回來度假、要烤肉、要在湖裡游泳！

夏玄允根本不可能反對，說到底，這次他跟阿木的命，都是好友們救的。

「千靜姐！毛哥！」曾治木拿著浴巾大喊著，「快上來囉！肉快烤好囉！」

毛穎德探頭舉手，代表知道了。

「阿木！來！接下來烤魚了！」姨丈吆喝著，「海鮮我們家阿木最會烤了！」

「就來！」曾治木說著，把浴巾擱在他們等等會上岸的躺椅邊。

一夥人圍著烤肉架，有說有笑的，阿姨分著飲料，夏玄允開心的大快朵頤。

李維杰昨天出殯，曾治木還是有去參加他的葬禮，據說他的身體內部也是糜爛成一團，處處皆是被吃掉的痕跡，身上的千瘡百孔就更不必說了，每個洞都殘留鱗粉，全身上下計算出有六十八個洞。

這變成詭異的新聞，李維杰彷彿被不知名的生物寄生後，成為宿主，最後被咬破身體而亡。

但這並沒有在全國新聞中播出，或許太詭異，總之警方是壓了下來，單純用一個高中生意外死亡作結，李維杰的家人也沒有反對，他們也無法承受孩子離奇的死法。

而馮千靜昨天跟毛穎德重返那綠色棚頂的屋子，她也親眼看見了廢墟，沒有花、沒有女人、沒有蛾也沒有蟲子，她現在眼裡的世界，跟一般人一樣了。

一隻手唰地竄出水面，奪去放在石子上的手錶。

「嘿……」毛穎德握著手錶回身，馮千靜跟著探出頭，「我贏了。」

「可惡！」她喘著氣，沒料到毛穎德游泳這麼強！「你游多久了啊？蝶式好快！」

「從小開始。」他挑了挑眉，很得意的把錶戴回手腕上，「走吧，烤肉超香的。」

「喘一下吧！」她唸著，趴在石頭上稍事休息。

毛穎德瞥了她一眼，又是一臉若有所思，「還在想那廢墟？」

「會有衝擊好嗎！我上次去就不是長那樣。」她喃喃唸著，「滿牆的血，那個凶手殺了幾個人？」

「七個人，全家都是在那面牆前殺的，最後那個人也是在那兒割頸自殺。」連查都不需要查，郭岳洋的剪報紀錄相當清楚。

在「第十三個書架」紀錄本裡，調查割頸自殺的過往案子中，有一個藍框框被排除在外，唯一一個不同的自殺法，一位中年男子失意已久，鬱鬱寡歡，最後殺死全家後自殺。

生前喜歡養花種草，蟲蛾蝶類飛滿庭院，在殺死全家的那天下午，曾對鄰人說如果能自由那該多好。

傳說總有起源，只是誰想得到會有關係？失意男殺死全家後自殺，跟「第十三個書架」實在太八竿子打不著了！

「那個女人是死者的妻子吧？所以一直強調是她的責任……說著該讓蛾自行咬破蛹而出，她說的居然是祈求者的身體哪！」馮千靜歪了歪嘴，「那種死法也眞夠慘的了！」

「妳不是說了？作繭自縛？」毛穎德幽幽道著，事實上他也沒有想過，李維杰會是那樣的下場。

只不過就是個高中生啊！家境不優，所以一直以來都靠獎學金分擔家計支付學費，好勝心又強，所以對於橫擋在自己面前的人難以忍受……更別說元陵翔是那種天之驕子，凡事唾手可得，跟努力的他截然不同。

不服天生之不公平，加上心儀的女生喜歡元陵翔，一環接著一環，芝麻蒜皮大的事變成了人命關天的大事。

他認為李維杰根本不瞭解事情的嚴重性，他單純的只是聽到這個都市傳說，所以想藉由不正常的力量協助自己達成願望，只想要讓自己重新站上第一名，但不該是希望同學自殺。

元陵翔的事可以是意外，但阿木跟夏天就……是故意的了。

他怨懟阿木這個程咬金，夏天則可能會找到那個「都市傳說」，破解元陵翔的死因，這是良心不安，所以他才想一併解決掉。

夏天痊癒後想了一遍，他認為是第一天到曾治木學校圖書館時，被李維杰趁機拔走了頭髮……按照詛咒的基本配備，沒有他的血、頭髮或是指甲是不可能實行的！

「作繭自縛是那個女人跟我說的！覺得有點慘……她好像在幫她老公擦屁股似！」馮千靜嘆口氣，「被第十三個書架詛咒的人都會看見那間屋子，只是去找的人甚少，她那天也算是給我提示了！」

「那是妳才有行動力吧！妳看夏天他們那個樣子，有點蟲在耳朵裡爬行就連正常生活都難了，怎麼會想到要去找什麼屋子！」毛穎德也很無奈，「他們兩個就算看見那屋子也當成夢。」

「唉……」馮千靜轉過身，背靠著石頭望向遠處山巒美景，「眞舒服，幸好我還能再來一次！」

「辛苦了！」他側頭笑著，真的辛苦她了。

「喂——」夏玄允站在岸邊扯開嗓子喊著，「你們不要在那邊說悄悄話，快點過來啦！」

「幹嘛？吃醋了喔？」馮千靜調侃的笑著，拉下蛙鏡，「走，比誰先到岸邊。」

「欸欸——妳這……」毛穎德根本措手不及，她已經自由式離開了。

嘖嘖，格鬥妳是第一，但游泳可不一定了吧？毛穎德勾起笑容，立刻潛入水中，幾分鐘後，他依然率先上岸。

一上岸就覺得超級冷，兩個人火速進屋換上衣服，立刻就出來品嚐烤肉大餐了。

「謝謝大家！」阿姨跟姨丈舉起啤酒，「謝謝你們救了阿木跟夏天！」

夏玄允望向馮千靜，劃上滿滿的笑容，他知道最該感謝的人是誰。

「別那樣笑，太萌了，毛穎德會吃味。」馮千靜故意唸著，「你要謝我，以後就少給我扯這種事！」

「我又不是故意的！」夏玄允這次真的是無辜的。

「對不起，都是我……」曾治木立刻救火。

「不是怪你啦……哎！」馮千靜有點慌，怎麼有理說不清了，「我是針對夏玄允，他平時老愛找一些傳說！」

「那是當然！」郭岳洋忽然大聲說著，跟夏玄允擺出標準蠢蛋姿勢，「因爲我們是——都市傳說收集者嘛！」

眞是夠了！馮千靜翻了個白眼，還是忍不住笑了起來，阿姨跟姨丈只懂一半，迷迷糊糊的，反正開心就好。

「千靜姐，魚！」曾治木烤好拿手的海鮮，恭敬遞上。

「謝謝！」馮千靜頷首，「所以，你還好嗎？」

「嗯，很好。」曾治木靦腆的笑著，「我又去阿翔家上香，跟他把事情說了一遍，也去參加李維杰的葬禮，這樣才有種都結束的感覺。」

「本來我們是不想去的啦，但是同學一場……」柳丁訕訕的說，「看見他那樣子的慘狀，也挺不忍的。」

「對了，那天教務主任也有去，他一看到我就拍著肩對我說，活著就好，活著就好……感覺他好像什麼都知道。」曾治木忽然很神祕的說著，「之前也是他跟我說活著才會贏！」

「巧合吧？」毛穎德蹙著眉，「知情的不是不能說嗎？」

馮千靜點點頭，雖然那本筆記本已經連同崩毀的書架一塊兒都被她燒掉了！

「對啊，可是那是指祈求者吧！」洪渝靖煞有其事的說著，一邊指向自己的頸子，「我看見啊，教務主任這邊有一條很大的疤耶！」

咦？頓時間，夏玄允跟郭岳洋都愣住了，馮千靜當下倒抽一口氣。

「很奇妙吧，所以我就大膽的跑去問主任，知不知道第十三個書架的事！」曾治木邊說邊咬一口魷魚，夏玄允急著叫他別吃了！

湖邊氣氛突然超緊繃的，每個人都在等答案。

「主任只是笑著跟我說，」曾治木一字一字說著，「你只要知道活著才會贏就好了！」

登愣！眾人立馬面面相覷，脖子上的疤，活著就會贏的提示，難道說——

「教務主任也曾遇過第十三個書架嗎？」郭岳洋啊了好大一聲，「他割頭了卻沒死？」

「可能因爲害怕下手很輕，結果時間剛好過了啊！」夏玄允完全以過來人的身分解釋，「我可以去訪問一下你們主任嗎？」

「好神奇喔，所以割頸眞的不一定會死耶！」連洪渝靖都嘖嘖稱奇。

馮千靜搖搖頭，逕自到烤肉架邊拿了一整排肉，遠離那激動的氛圍，跑到遠處的躺椅那兒去逍遙；毛穎德盤子裡的肉都疊成山了，一樣拿著啤酒跟著她後面走，他短時間內完全不想再聽見相關的事情了。

「妳捐的書架今天會到對吧？」他坐下來，這角度好，面對著湖光山色。

「嗯，我捐了一個保證不會有蟲的書架過去了。」以格鬥者小靜的身分捐的，「希望第十三個書架的傳說能到此爲止。」

毛穎德淺淺笑著，用吐司夾起一片肉啃著。

他不抱持太樂觀的想法，因爲第十三個書架崩毀時……他沒有看見黑色的結晶。

更何況，「都市傳說」總是層出不窮，不管起源是什麼，似乎只要興起了……就沒有終止的一天。

它們總會不經意的出現、不經意的消失，沒有邏輯、沒有理由，默默的繼續流傳著。

馮千靜拎起啤酒，瞥了他一眼，酒瓶拎在半空中。

他笑著互擊。

「恭喜活著。」

「該恭喜我獲勝才對！」她勾起了自信的笑容。

愜意的望著遠處的山景與湖水，身後是熱鬧非凡的歡笑與討論聲，至少對馮千靜而言，第一次有種活著眞好的感覺。

回頭望著夏玄允他們，也第一次感覺到，同伴活著眞好。

只不過，兩天後回到學校，當她看見新的社團辦公室門口，掛著一塊滿是蟲蛀痕跡，上頭還寫著「都市傳說社」的木板時，這個想法很快就消失了。

尾聲

工作人員將書本擺放妥當，又仔仔細細的把層架擦了一遍，最後將該書架的分類書單與索書號，好整以暇的插在書架前頭的壓克力板子裡。

之前那個舊書架莫名其妙的被蟲蛀空，所幸其他書架沒有遭殃，而不知道爲什麼女子格鬥家「小靜」慷慨解囊，捐贈這個更新更大的書架，外型盡可能仿造其他書架，但是看起來就是比較新。

木材也選用比較好的材質，看上去眞是氣象不同。

「好了嗎？該走囉！」同事喊著。

「好了好了！」他將地上的灰塵以吸塵器吸乾淨後，邊趕緊與同事離館，時間是晚上十點半，圖書館早已閉館。

燈一盞一盞關上，縣立圖書館裡靜寂無聲。

沙……沙喀沙喀……細微的聲音響起，在紅毯上滾動著，它們飛快的聚集在一起，然後繞著全新的第十三個書架而行，最後一一的飛附上去。

噠噠噠噠，極細微的碰撞聲傳來，那就像是沙灘上的石子相互撞擊一樣，不仔細聆聽什麼也聽不見。

然後，那該是深褐色木製的第十三個書架，再度換上了亮黑新衣，銀光在層架中流洩，書架如波紋般震顫，傳出濃厚的檀香味道。

櫃檯的電腦倏地亮起，螢幕裡跳出網頁：

午夜祈求

傳說中，第十三個書架能回應你的祈求，完成你的願望，只要午夜十二點到圖書館來，在十二個鐘聲敲畢前對著第十三個書架許下你的願望，書架必會回應。

第十三個書架，依然存在，歡迎找尋。

後記

（後記有爆雷，請看完整本書再來看喔！）

我懂我懂，晚上留意枕頭上是不是有東西準備爬進你耳朵的同時，你一定在想：這個都市傳說好像有點罕見？

事實上都市傳說非常的多種，而且有的還因地制宜，也有的事關當地風俗，還有從怪談裡改的，總之「多樣化」與「豐富性」幾乎就是它的特點啊（誤）！

第十三個書架，其實改變自第十三個階梯、第十三個ＸＸ、第十三個△△跟第十三個ＯＯ，我也不知道爲什麼傳說怪談都喜歡跟十三或是四扯上關係，但是在學校裡，常有「對第十三個ＸＸ許願」就會成功的傳聞。

當然是跟什麼東西許願我們就不得而知了，達成願望的途徑正常與否也是個謎，如果眞的非許不可，後果也只能自負了！

《第十三個書架》便是這樣衍生出來的，當然這只是起頭，裡面其實還包含了其他傳說；實現願望不能太簡單，許願的人應該也要出點力氣，那書架像是一

個「嚮導」，只是指引你去做而已。

而實現願望的過程就複雜多了，關於蟲這件事……其實發想非常簡單，就是來自於親身經歷——雖然我不是被蟲爬進耳朵裡，而是螞蟻，但那種精神轟炸著實可怕，螞蟻每一個步伐都聽得一清二楚，整個腦子裡只有那巨大的爬行聲，真的很容易讓人有快瘋狂的感覺。

那換成蟲呢？一條蟲鑽進耳裡，甚至往更深處鑽，你不只聽得見蠕動的聲音，說不定還能聽得見蟲在啃噬你體內組織的聲音，那不是更可怕嗎？

關於蟲在體內結蛹的傳說相當多，多半都是寄生之意，被寄生的身體會被當成幼蟲的養份，吃乾抹淨了再以成蟲之姿鑽出來，這種傳說怪談太多了，有蟲也有蜘蛛，各式各樣，所以我只是進行了簡單的改寫跟合併，讓許願變得複雜一點。

許願者要辛苦的下咒，被詛咒的當然也得想方設法的破解。

只是如果大家是被詛咒的那個，畫面跟感受如此真實，不知道能不能撐過七天呢？而當看著自己的頸子越來越大，形成一個巨大的紡錘狀，觸摸還似乎能感受到蠕動時，真的能說服自己一切可能只是幻覺嗎？

心理的折磨有時比什麼都可怕，自己也能催眠自己，偏偏壞事總是好事容易催眠，因此人遇挫折困難與低潮時，往往容易鑽牛角尖，因爲你正在催眠自己，事情會往壞的方向去，一點點風吹草動都能自我解釋成不祥。

著眼於好的催眠就不一樣了，雖然有人認爲《祕密》一書胡說八道，但我覺得裡面不乏有正面力量；今天運氣再背，一點好事都能令人心花怒放，煩惱一掃而空，如果好事接連不斷，或是將徵兆視爲好兆，心境都能開展，這樣有什麼不好？

當然，都市傳說的「催眠」可不是小CASE啊，就算要說服自己不存在也太難了，科科……不然人家怎麼能叫「都市傳說」是吧？

再次感謝「都市傳說社」社員的赴湯蹈火，我們家小靜再度單槍匹馬面對危險，有時眞希望有她這種堅毅的性格啊，什麼時候也能效法她大喊一句：「面對危險是我的專長啊啊啊……」

夏天就這件事情會不會學乖？毛穎德表示：（翻白眼。

下一集，還有什麼都市傳說即將展開呢？回家的時候大家小心啊，有妹戴口罩跟你攀談時，千萬注意唷……

笭菁2014.12.22

BEST 嚴選

書號	書名	作者	定價
1HB004X	諸神之城：伊嵐翠	布蘭登．山德森	520
1HB009	最後理論	馬克．艾伯特	320
1HB013	刺客正傳 1：刺客學徒（經典紀念版）	羅蘋．荷布	299
1HB014	刺客正傳 2：皇家刺客（上）（經典紀念版）	羅蘋．荷布	320
1HB015	刺客正傳 2：皇家刺客（下）（經典紀念版）	羅蘋．荷布	320
1HB016	刺客正傳 3：刺客任務（上）（經典紀念版）	羅蘋．荷布	360
1HB017	刺客正傳 3：刺客任務（下）（經典紀念版）	羅蘋．荷布	360
1HB018	2012：失落的預言	麥利歐．瑞汀	320
1HB019	迷霧之子首部曲：最後帝國	布蘭登．山德森	380
1HB020	迷霧之子二部曲：昇華之井	布蘭登．山德森	399
1HB021	迷霧之子終部曲：永世英雄	布蘭登．山德森	399
1HB025	方舟浩劫	伯伊德．莫理森	320
1HB027	血色塔羅	尼克．史東	380
1HB028	最後理論 2：科學之子	馬克．艾伯特	320
1HB029	星期一，我不殺人	尚—巴提斯特．德斯特摩	320
1HB030	懸案密碼：籠裡的女人	猶希．阿德勒．歐爾森	320
1HB031	迷霧之子番外篇：執法鎔金	布蘭登．山德森	320
1HB032	2012：降世的預言	麥利歐．瑞汀	320
1HB033	彌達斯寶藏	伯伊德．莫理森	320
1HB034	颶光典籍首部曲：王者之路（上）	布蘭登．山德森	499
1HB035	颶光典籍首部曲：王者之路（下）	布蘭登．山德森	499
1HB036	懸案密碼 2：雉雞殺手	猶希．阿德勒．歐爾森	320
1HB037	末日之旅．上冊	加斯汀．柯羅寧	399
1HB038	末日之旅．下冊	加斯汀．柯羅寧	399
1HB039	懸案密碼 3：瓶中信	猶希．阿德勒．歐爾森	380
1HB040	刀光錢影：戰龍之途	丹尼爾．艾伯罕	380
1HB041	懸案密碼 4：第 64 號病歷	猶希．阿德勒．歐爾森	380
1HB042	皇帝魂：布蘭登．山德森精選集	布蘭登．山德森	320
1HB043	第一法則首部曲：劍刃自身	喬．艾伯康比	380
1HB044	第一法則二部曲：絞刑之前	喬．艾伯康比	380
1HB045	第一法則終部曲：最後手段	喬．艾伯康比	450
1HB046	刀光錢影 2：國王之血	丹尼爾．艾伯罕	380
1HB047	末日之旅 2：十二魔．上冊	加斯汀．柯羅寧	380
1HB048	末日之旅 2：十二魔．下冊	加斯汀．柯羅寧	380

書號	書名	作者	定價
1HB049	陣學師：亞米帝斯學院	布蘭登．山德森	320
1HB050	太和計畫	馬克．艾伯特	360
1HB051	刀光錢影 3：暴君諭令	丹尼爾．艾伯罕	380
1HB052	血戰英雄	喬．艾伯康比	420
1HB053	審判者傳奇：鋼鐵心	布蘭登．山德森	320
1HB054	懸案密碼 5：尋人啟事	猶希．阿德勒．歐爾森	380
1HB055	北方大道．上冊	彼德．漢彌頓	420
1HB056	北方大道．下冊	彼德．漢彌頓	420
1HB057	刺客後傳 1：弄臣任務（上）（經典紀念版）	羅蘋．荷布	360
1HB058	刺客後傳 1：弄臣任務（下）（經典紀念版）	羅蘋．荷布	360
1HB059	刺客後傳 2：黃金弄臣（上）（經典紀念版）	羅蘋．荷布	360
1HB060	刺客後傳 2：黃金弄臣（下）（經典紀念版）	羅蘋．荷布	360
1HB061	刺客後傳 3：弄臣命運（上）（經典紀念版）	羅蘋．荷布	450
1HB062	刺客後傳 3：弄臣命運（下）（經典紀念版）	羅蘋．荷布	450
1HB063	血歌首部曲：黯影之子．上	安東尼．雷恩	特價 199
1HB064	血歌首部曲：黯影之子．下	安東尼．雷恩	380
1HB065	貝爾曼的幽靈	黛安．賽特菲爾德	350
1HB066C	無盡之劍（限量精裝版）	布蘭登．山德森	360
1HB067	刀光錢影 4：寡婦之翼	丹尼爾．艾伯罕	380
1HB068	異星記	休豪伊	340

謎幻之城

書號	書名	作者	定價
1HS005Y	基地（紀念書衣版）	以撒．艾西莫夫	280
1HS007Y	基地與帝國（紀念書衣版）	以撒．艾西莫夫	280
1HS010Y	第二基地（紀念書衣版）	以撒．艾西莫夫	280
1HS010Z	基地三部曲（紀念書衣版）	以撒．艾西莫夫	840
1HS000U	基地三部曲（經典書盒版）	以撒．艾西莫夫	840
1HS011Y	基地前奏（紀念書衣版）	以撒．艾西莫夫	420
1HS012Y	基地締造者（紀念書衣版）	以撒．艾西莫夫	420
1HS012Z	基地前傳（紀念書衣版）	以撒．艾西莫夫	840
1HS000V	基地前傳（經典書盒版）	以撒．艾西莫夫	840
1HS013Y	基地邊緣（紀念書衣版）	以撒．艾西莫夫	420
1HS014Y	基地與地球（紀念書衣版）	以撒．艾西莫夫	450
1HS014Z	基地後傳（紀念書衣版）	以撒．艾西莫夫	870
1HS000W	基地後傳（經典書盒版）	以撒．艾西莫夫	870
1HS000Z	基地全系列套書 7 本（紀念書衣版）	以撒．艾西莫夫	2550

幻想藏書閣

書號	書名	作者	定價
1HI001C	靈魂之戰 1：落日之巨龍	瑪格麗特．魏絲等	480
1HI002C	靈魂之戰 2：隕星之巨龍	瑪格麗特．魏絲等	480
1HI003X	靈魂之戰 3：逝月之巨龍（新版）	瑪格麗特．魏絲等	480
1HI004	黑暗精靈 1：故土	R．A．薩爾瓦多	380
1HI005	黑暗精靈 2：流亡	R．A．薩爾瓦多	380
1HI006	黑暗精靈 3：旅居	R．A．薩爾瓦多	380
1HI007	南方吸血鬼 1：夜訪良辰鎮	莎蓮．哈里斯	280
1HI010	南方吸血鬼 2：達拉斯夜未眠	莎蓮．哈里斯	280
1HI012	南方吸血鬼 3：亡者俱樂部	莎蓮．哈里斯	280
1HI029	南方吸血鬼 4：意外的訪客	莎蓮．哈里斯	280
1HI032	南方吸血鬼 5：與狼人共舞	莎蓮．哈里斯	280
1HI033	南方吸血鬼 6：惡夜追琪令	莎蓮．哈里斯	280
1HI034	南方吸血鬼 7：找死高峰會	莎蓮．哈里斯	280
1HI035	南方吸血鬼 8：攻琪不備	莎蓮．哈里斯	280
1HI036	黑暗之途 1：無聲之刃	R．A．薩爾瓦多	380
1HI037	南方吸血鬼 9：全面琪動	莎蓮．哈里斯	280
1HI038	邪馬台國戰記 II：炎天的邪馬台國(完結篇)	桝田省治	399
1HI039	南方吸血鬼 10：噬血王子的背叛	莎蓮．哈里斯	280
1HI040	黑暗之途 2：世界之脊	R．A．薩爾瓦多	380
1HI041	黑暗之途 3：劍刃之海	R．A．薩爾瓦多	380
1HI042	南方吸血鬼番外篇：我的德古拉之夜	莎蓮．哈里斯	299
1HI043	獵人之刃 1：千獸人	R．A．薩爾瓦多	399
1HI044	南方吸血鬼 11：精靈的聖物	莎蓮．哈里斯	280
1HI045	獵人之刃 2：獨行者	R．A．薩爾瓦多	399
1HI046	獵人之刃 3：雙劍	R．A．薩爾瓦多	399
1HI047	地底王國 1：光明戰士	蘇珊．柯林斯	250
1HI048	地底王國 2：災難預言	蘇珊．柯林斯	250
1HI049	地底王國 3：熱血之禍	蘇珊．柯林斯	250
1HI050	地底王國 4：神祕印記	蘇珊．柯林斯	250
1HI051C	龍槍編年史 I：秋暮之巨龍	崔西．西克曼&瑪格麗特．魏絲	480
1HI052C	龍槍編年史 II：冬夜之巨龍	崔西．西克曼&瑪格麗特．魏絲	480
1HI053C	龍槍編年史 III：春曉之巨龍	崔西．西克曼&瑪格麗特．魏絲	480
1HI054C	龍槍傳奇 I：時空之卷	崔西．西克曼&瑪格麗特．魏絲	480
1HI055C	龍槍傳奇 II：烽火之卷	崔西．西克曼&瑪格麗特．魏絲	480
1HI056C	龍槍傳奇 III:試煉之卷	崔西．西克曼&瑪格麗特．魏絲	480
1HI057	靈視者哈珀康納莉 I：觸墓驚心	莎蓮．哈里斯	280
1HI058	靈視者哈珀康納莉 II：移花接墓	莎蓮．哈里斯	280
1HI059	靈視者哈珀康納莉 III：草墓皆冰	莎蓮．哈里斯	280
1HI060	靈視者哈珀康納莉 IV：不堪入墓	莎蓮．哈里斯	280
1HI061	地底王國 5：最終戰役	蘇珊．柯林斯	250
1HI062	死亡之門 1：龍之翼（全新封面）	崔西．西克曼&瑪格麗特．魏絲	360

書　號	書　　　　名	作　　　　者	定價
1HI063	死亡之門 2：精靈之星（全新封面）	崔西·西克曼&瑪格麗特·魏絲	360
1HI064	死亡之門 3：火之海（全新封面）	崔西·西克曼&瑪格麗特·魏絲	360
1HI065	死亡之門 4：魔蛟法師（全新封面）	崔西·西克曼&瑪格麗特·魏絲	360
1HI066	死亡之門 5：混沌之手（全新封面）	崔西·西克曼&瑪格麗特·魏絲	420
1HI067	死亡之門 6：迷宮歷險（全新封面）	崔西·西克曼&瑪格麗特·魏絲	420
1HI068	死亡之門 7：第七之門（完）(全新封面）	崔西·西克曼&瑪格麗特·魏絲	360
1HI069	南方吸血鬼 12：神祕的魔法鎖	莎蓮·哈里斯	280
1HI070	滅世天使	蘇珊·易	280
1HI071	天使禁區	麗諾·艾普漢絲	250
1HI072	南方吸血鬼噬血真愛全方位導覽特典	莎蓮·哈里斯	650
1HI073	御劍士傳奇 1：鍍金鎖鍊（全新封面）	大衛·鄧肯	360
1HI074	御劍士傳奇 2：火地之王（全新封面）	大衛·鄧肯	420
1HI075	御劍士傳奇 3：劍空(完)（全新封面）	大衛·鄧肯	420
1HI076	幸運賊	史考特·G·布朗	320
1HI077	歷史檔案館	薇多莉亞·舒瓦	320
1HI078	歷史檔案館 2：惡夢	薇多莉亞·舒瓦	320
1HI079	流浪者系列：傷痕者	賽爾基＆瑪麗娜·狄亞錢科	380
1HI080	南方吸血鬼完結篇：吸血鬼童話	莎蓮·哈里斯	280
1HI081	尼爾女巫	薇多莉亞·舒瓦	300
1HI082	流浪者系列·前傳：守門者	賽爾基＆瑪麗娜·狄亞錢科	360

魔幻之城

書號	書名	作者	定價
1HF012	時光之輪 2：大狩獵（上）	羅伯特．喬丹	300
1HF013	時光之輪 2：大狩獵（下）	羅伯特．喬丹	320
1HF025	時光之輪 3：真龍轉生（上）	羅伯特．喬丹	320
1HF026	時光之輪 3：真龍轉生（下）	羅伯特．喬丹	320
1HF030	時光之輪 4：闇影漸起（上）	羅伯特．喬丹	320
1HF031	時光之輪 4：闇影漸起（中）	羅伯特．喬丹	320
1HF038	時光之輪 4：闇影漸起（下）	羅伯特．喬丹	320
1HF044	時光之輪 5：天空之火（上）	羅伯特．喬丹	320
1HF045	時光之輪 5：天空之火（中）	羅伯特．喬丹	320
1HF046	時光之輪 5：天空之火（下）	羅伯特．喬丹	320
1HF050	時光之輪 6：混沌之王（上）	羅伯特．喬丹	320
1HF051	時光之輪 6：混沌之王（中）	羅伯特．喬丹	320
1HF052	時光之輪 6：混沌之王（下）	羅伯特．喬丹	320
1HF068	時光之輪 7：劍之王冠（上）	羅伯特．喬丹	320
1HF069	時光之輪 7：劍之王冠（下）	羅伯特．喬丹	320
1HF080	時光之輪 1：世界之眼（上）	羅伯特．喬丹	360
1HF081	時光之輪 1：世界之眼（下）	羅伯特．喬丹	360
1HF085	時光之輪 8：匕之道　（上）	羅伯特．喬丹	380
1HF086	時光之輪 8：匕之道　（下）	羅伯特．喬丹	380
1HF087	時光之輪 9：寒冬之心（上）	羅伯特．喬丹	380
1HF088	時光之輪 9：寒冬之心（上）	羅伯特．喬丹	380
1HF089	時光之輪 10：光影歧路（上）	羅伯特．喬丹	400
1HF090	時光之輪 10：光影歧路（下）	羅伯特．喬丹	400
1HF091	時光之輪 11：迷夢之刃（上）	羅伯特．喬丹	480
1HF092	時光之輪 11：迷夢之刃（下）	羅伯特．喬丹	480
1HF093	時光之輪 12：末日風暴（上）	羅伯特．喬丹&布蘭登·山德森	499
1HF094	時光之輪 12：末日風暴（下）	羅伯特．喬丹&布蘭登·山德森	499
1HF095	時光之輪 13：闇夜之塔（上）	羅伯特．喬丹&布蘭登·山德森	520
1HF096	時光之輪 13：闇夜之塔（下）	羅伯特．喬丹&布蘭登·山德森	520
1HF097	時光之輪 14 最終部：光明回憶（上）	羅伯特．喬丹&布蘭登·山德森	560
1HF098	時光之輪 14 最終部：光明回憶（下）	羅伯特．喬丹&布蘭登·山德森	560

少年魔法城

書號	書名	作者	定價
1HY006	奇幻小百科：勇者鬥怪物教戰手冊	周錫	180
1HY007	奇幻小百科：奇幻冒險夢幻隊伍	黃美文	180
1HY008	奇幻小百科：中世紀城主你來當	米爾汀	180
1HY025	Slayers! 秀逗魔導士	神坂一	99
1HY026	Slayers! 秀逗魔導士 2：亞特拉斯的魔導士	神坂一	200
1HY029	Slayers! 秀逗魔導士 3：賽拉格的妖魔	神坂一	200
1HY030	Slayers! 秀逗魔導士 4：聖王都動亂	神坂一	200
1HY032	Slayers! 秀逗魔導士 5：白銀的魔獸	神坂一	200
1HY033	Slayers! 秀逗魔導士 6：威森地的黑暗	神坂一	200
1HY035	Slayers! 秀逗魔導士 7：魔龍王的挑戰	神坂一	220
1HY037	Slayers! 秀逗魔導士 8：死靈都市之王	神坂一	220
1HY039	Slayers! 秀逗魔導士 9：貝賽爾德的妖劍	神坂一	220
1HY040X	Slayers! 秀逗魔導士 10：索拉利亞的謀略	神坂一	220
1HY041	Slayers! 秀逗魔導士 11：克里姆佐的執迷	神坂一	220
1HY042	Slayers! 秀逗魔導士 12：霸軍的策動	神坂一	220
1HY043	Slayers! 秀逗魔導士 13：降魔征途的路標	神坂一	220
1HY046	Slayers! 秀逗魔導士 14：瑟倫狄亞的憎惡	神坂一	220
1HY049X	Slayers! 秀逗魔導士 15：屠魔者（完結篇）	神坂一	220

境外之城

書號	書名	作者	定價
1HO003	天觀雙俠．卷一	鄭丰（陳宇慧）	250
1HO004	天觀雙俠．卷二	鄭丰（陳宇慧）	250
1HO005	天觀雙俠．卷三	鄭丰（陳宇慧）	250
1HO006	天觀雙俠．卷四（完）	鄭丰（陳宇慧）	250
1HO018	筆靈 1：生事如轉蓬	馬伯庸	199
1HO019	筆靈 2：萬事皆波瀾	馬伯庸	240
1HO020	靈劍．卷一	鄭丰（陳宇慧）	250
1HO021	靈劍．卷二	鄭丰（陳宇慧）	250
1HO022	靈劍．卷三（完）	鄭丰（陳宇慧）	250
1HO023	筆靈 3：沉憂亂縱橫	馬伯庸	240
1HO024	筆靈 4：蒼穹浩茫茫	馬伯庸	240
1HO025	神偷天下．卷一	鄭丰（陳宇慧）	250
1HO026	神偷天下．卷二	鄭丰（陳宇慧）	250
1HO027	神偷天下．卷三（完）	鄭丰（陳宇慧）	250
1HO028	五大賊王 1：落馬青雲	張海帆（老夜）	280
1HO029	五大賊王 2：火門三關	張海帆（老夜）	280
1HO030	五大賊王 3：淨火修練	張海帆（老夜）	280
1HO031	五大賊王 4：地宮盜鼎	張海帆（老夜）	280
1HO032	五大賊王 5：身世謎圖	張海帆（老夜）	280
1HO033	五大賊王 6：逆血羅剎	張海帆（老夜）	280
1HO034	五大賊王 7（上）：五行合縱	張海帆（老夜）	280
1HO035	五大賊王 7（下）（終）：五行合縱	張海帆（老夜）	280
1HO036	三國機密（上）：龍難日	馬伯庸	320
1HO037	三國機密（下）：潛龍在淵	馬伯庸	320
1HO038	奇峰異石傳．卷一	鄭丰（陳宇慧）	250
1HO039	奇峰異石傳．卷二	鄭丰（陳宇慧）	250
1HO040	奇峰異石傳．卷三（完）	鄭丰（陳宇慧）	250
1HO041	風起隴西（第一部）：漢中十一天	馬伯庸	280
1HO042	風起隴西（第二部）（終）：秦嶺的忠誠	馬伯庸	240
1HO043	西遊祕史 1：大唐泥梨獄	陳漸	300
1HO044	西遊祕史 2：西域列王紀	陳漸	320
1HO045	都市傳說 1：一個人的捉迷藏	笭菁	250
1HO046	都市傳說 2：紅衣小女孩	笭菁	250
1HO047	都市傳說 3：樓下的男人	笭菁	250
1HO048	雙併公寓	張苡蔚	250
1HO049	都市傳說 4：第十三個書架	笭菁	260

F-Maps

書號	書名	作者	定價
1HP001	圖解鍊金術	草野巧	300
1HP002	圖解近身武器	大波篤司	280
1HP004	圖解魔法知識	羽仁礼	300
1HP005	圖解克蘇魯神話	森瀨繚	320
1HP007	圖解陰陽師	高平鳴海	320
1HP008	圖解北歐神話	池上良太	330
1HP009	圖解天國與地獄	草野巧	330
1HP010	圖解火神與火精靈	山北篤	330
1HP011	圖解魔導書	草野巧	330
1HP012	圖解惡魔學	草野巧	330
1HP013	圖解水神與水精靈	山北篤	330
1HP014	圖解日本神話	山北篤	330
1HP015	圖解黑魔法	草野巧	350

聖典

書號	書名	作者	定價
1HR009X	武器屋（全新封面）	Truth in Fantasy 編輯部	420
1HR014X	武器事典（全新封面）	市川定春	420
1HR026C	惡魔事典（精裝典藏版）	山北篤等	480
1HR028C	怪物大全（精裝）	健部伸明	特價 999
1HR031	幻獸事典（精裝）	草野巧	特價 499
1HR032	圖解稱霸世界的戰術——歷史上的 17 個天才戰術分析	中里融司	320
1HR033C	地獄事典（精裝）	草野巧	420
1HR034C	幻想地名事典（精裝）	山北篤	750
1HR035C	城堡事典（精裝）	池上正太	399
1HR036C	三國志戰役事典（精裝）	藤井勝彥	420
1HR037C	歐洲中世紀武術大全（精裝）	長田龍太	750

城邦文化奇幻基地出版社
Fantasy Foundation Publications
http://www.ffoundation.com.tw
TEL：02-25007008 FAX：02-25027676

境外之城 049

都市傳說4：第十三個書架

作　　者／笭菁
企畫選書人／張世國
責任編輯／張世國
業務經理／李振東
行銷企劃／周丹蘋
總　編　輯／楊秀眞
發　行　人／何飛鵬
法律顧問／台英國際商務法律事務所　羅明通律師
出版／奇幻基地出版
城邦文化事業股份有限公司
台北市 104 民生東路二段 141 號 8 樓
電話：(02)25007008　傳眞：(02)25027676
網址：www.ffoundation.com.tw
e-mail：ffoundation@cite.com.tw
發行／英屬蓋曼群島商家庭傳媒股份有限公司城邦分公司
台北市 104 民生東路二段 141 號11 樓
書虫客服服務專線：(02)25007718・(02)25007719
24 小時傳眞服務：(02)25170999・(02)25001991
服務時間：週一至週五09:30-12:00・13:30-17:00
郵撥帳號：19863813　戶名：書虫股份有限公司
讀者服務信箱 E-mail：service@readingclub.com.tw
歡迎光臨城邦讀書花園 網址：www.cite.com.tw
香港發行所／城邦（香港）出版集團有限公司
香港灣仔駱克道 193 號東超商業中心 1 樓
電話：(852) 2508-6231 傳眞：(852) 2578-9337
e-mail : hkcite@biznetvigator.com
馬新發行所／城邦（馬新）出版集團
【Cite(M)Sdn. Bhd.】
41, Jalan Radin Anum, Bandar Baru Sri Petaling,
57000 Kuala Lumpur, Malaysia.
電話：(603) 90578822　傳眞：(603) 90576622
E-mail:cite@cite.com.my

封面內頁插畫／AFu
封面設計／邱弟工作室
排　　版／浩瀚電腦排版股份有限公司
印　　刷／高典印刷有限公司
■2015 年（民 104）1月6日初版一刷
■2024 年（民 113）3月14日初版15刷

售價／260元

國家圖書館出版品預行編目資料

都市傳說4：第十三個書架／笭菁著, -初版-台北市：奇幻基地出版；家庭傳媒城邦分公司發行；2015.01（民104.01）
面：公分. -（境外之城：49）

ISBN 978-986-5880-86-6（平裝）

857.7　　103023792

ISBN　978-986-5880-86-6
Printed in Taiwan.

廣　告　回　函
北區郵政管理登記證
台北廣字第000791號
郵資已付，免貼郵票

104台北市民生東路二段141號11樓

英屬蓋曼群島商家庭傳媒股份有限公司城邦分公司 收

請沿虛線對摺，謝謝

奇幻基地

每個人都有一本奇幻文學的啓蒙書

奇幻基地官網：http://www.ffoundation.com.tw
奇幻基地粉絲團：http://www.facebook.com/ffoundation

書號：**1HO049**　　書名：都市傳說4：第十三個書架

奇幻戰隊好讀有禮集點贈獎活動

活動期間，購買奇幻基地作品，剪下封底折口的點數券，集到一定數量，寄回本公司，即可依點數多寡兌換獎品。

點數兌換獎品說明：

- 5點 奇幻戰隊好書袋一個
- 10點 2012年布蘭登‧山德森來台紀念T恤一件
  有S&M兩種尺寸，偏大，由奇幻基地自行判斷出貨
- 15點 【蕭青陽獨家設計】典藏限量精繡帆布書袋
  紅線或銀灰線繡於書袋上，顏色隨機出貨

兌換辦法：

2014年2月～2015年1月奇幻基地出版之作品中，剪下回函卡頁上之點數，集滿規定之點數，貼在右邊集點處，即可寄回兌換贈品。

【活動日期】：即日起至2015年1月31日

【兌換日期】：即日起至2015年3月31日（郵戳為憑）

其他說明：

＊請以正楷寫明收件人真實姓名、地址、電話與email，以便聯繫。若因字跡潦草，導致無法聯繫，視同棄權

＊兌換之贈品數量有限，若贈送完畢，將不另行通知，直接以其他等值商品代之

＊本活動限臺澎金馬地區讀者

【集點處】

1	6	11
2	7	12
3	8	13
4	9	14
5	10	15

（點數與回函卡皆影印無效）

為提供訂購、行銷、客戶管理或其他合於營業登記項目或章程所定業務之目的，英屬蓋曼群島商家庭傳媒(股)公司城邦分公司，於本集團之營運期間及地區內，將以電郵、傳真、電話、簡訊、郵寄或其他公告方式利用您提供之資料（資料類別：C001、C002、C003、C011等）。利用對象除本集團外，亦可能包括相關服務的協力機構。如您有依個資法第三條或其他需服務之處，得致電本公司客服中心電話(02)25007718請求協助。相關資料如為非必要項目，不提供亦不影響您的權益。

個人資料：

姓名：________________ 性別：□男 □女

地址：________________

電話：________________ email：________________

想對奇幻基地說的話：________________

請剪下右側點數，貼於背面的集點處，集滿5點以上，即可寄回兌換抽獎